Sobre amor e estrelas

(e a cabeça nas nuvens)

CLARA ALVES
LIA ROCHA
E OLÍVIA PILAR

Sobre amor e estrelas

(e a cabeça nas nuvens)

ROCCO

Copyright © 2022 *by* Clara Alves, Lia Rocha e Olívia Pilar

Design de capa: Renata Vidal

Direitos desta edição reservados à
EDITORA ROCCO LTDA.
Rua Evaristo da Veiga, 65 – 11º andar
Passeio Corporate – Torre 1
20031-040 – Rio de Janeiro, RJ
Tel.: (21) 3525-2000 – Fax: (21) 3525-2001
rocco@rocco.com.br
www.rocco.com.br

Printed in Brazil/Impresso no Brasil

Preparação de originais
MARCELA RAMOS

CIP-Brasil. Catalogação na publicação.
Sindicato Nacional dos Editores de Livros, RJ.

A478s

Alves, Clara
 Sobre amor e estrelas: (e a cabeça nas nuvens) / Clara Alves, Lia Rocha, Olívia Pilar. – 1. ed. – Rio de Janeiro: Rocco, 2022.
 (Contos de astrologia ; 3)

 ISBN 978-65-5532-201-9
 ISBN 978-65-5595-098-4 (e-book)

 1. Ficção. 2. Literatura infantojuvenil brasileira. I. Rocha, Lia. II. Pilar, Olívia. III. Título. IV. Série.

21-74585
CDD: 808.899282
CDU: 82-93(81)

Camila Donis Hartmann - Bibliotecária - CRB-7/6472

O texto deste livro obedece às normas
do Acordo Ortográfico da Língua Portuguesa.

SUMÁRIO

Desequi(libra)
por Clara Alves
7

Tecido pelas estrelas
por Lia Rocha
87

Duas de mim
por Olívia Pilar
169

Desequi(libra)

Por Clara Alves

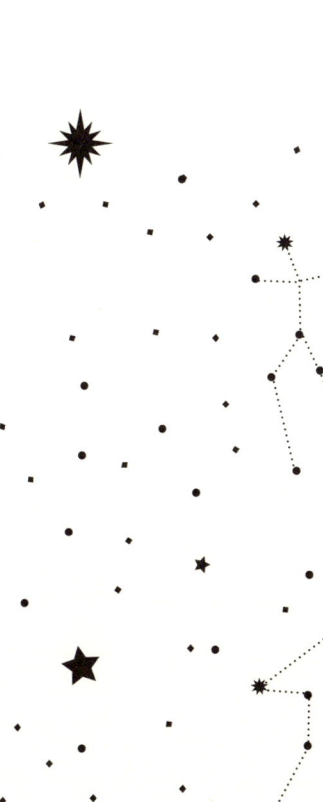

1
A busca pelo sucesso

Abro a porta de madeira rústica da lojinha quase espremida entre a academia — daquelas de gente rica, que utiliza uma técnica inventada lá de onde Judas perdeu as botas que dispensa pesos de verdade e supostamente vai fazer você virar marombeiro sem esforço — e uma mercearia de produtos asiáticos. O sino dos ventos tilinta acima e ecoa pela loja vazia. Bom, vazia de *gente*, porque, mesmo sendo estreita e minúscula, está abarrotada de estantes e produtos.

Olho para o balcão quase oculto no fundo da loja, no fim dos três corredores que dividem o ambiente, mas não tem ninguém tomando conta do lugar. Entro num dos corredores, analisando os produtos nas prateleiras. Passo por cristais variados, me detendo numa pedra preta e fosca lindíssima que quase pego, mas paro a mão no último segundo, com medo de ser alguma coisa bizarra.

Me considero uma pessoa cética. Cresci num lar muito religioso, ia ao culto todo domingo e fazia parte de grupos jovens. Mas meus pais, e os pais dos meus amigos, e os amigos destes, passam tanto tempo julgando a tudo e a todos, defendendo candidato intolerante e sendo contra os direitos humanos em nome de Jesus, que não consigo acreditar nesse conto do vigário. Não creio em nenhum deus, nem em energia, nem em reencarnação, nem em nada do tipo. Pelo menos, não na maior parte do tempo. Mas, vez ou outra, como agora, me pego com medo de algo em que nunca acreditei.

Paradoxo, eu sei. Mas o medo nunca foi mesmo racional.

Ao lado das pedras, há alguns baralhos de tarô com diferentes ilustrações. Pego uma das caixas abertas do mostruário; as ilustrações têm cores vivas e traços modernos e delicados. Tiro o baralho de dentro da caixa e abro o montinho numa carta aleatória. XVI. A Torre. A ilustração tem uma torre em chamas, com uma coroa pendendo para a esquerda e um homem em queda livre à direita, enquanto o chão arde em fogo azul. Não sei o que significa, mas não parece nada bom. A cena me lembra a história da torre de Babel, e os humanos sendo castigados pela fúria de Deus.

Fecho o baralho com um estalo e o guardo novamente. Continuo pelo corredor, observando os objetos nas estantes. Numa delas, vejo um pequeno caldeirão cor de carvão, ao lado de um conjunto de velas aromáticas. Então paro na frente de um pote de vidro cheio de um líquido aquoso, porém denso. Me aproximo, porque não consigo acreditar no que estou vendo. Boiando ali, está um par de...

— Olhos de crocodilo — uma voz diz atrás de mim, e eu dou um pulo tão grande de susto que preciso me apoiar na estante de metal. Meu desequilíbrio chacoalha os produtos, alguns tinindo conforme trepidam na prateleira, ameaçando cair.

Observo a mulher ao meu lado, que veio dos fundos da loja. Ela tem olhos intensamente pretos e cabelos curtos e cacheados do mesmo tom. Em um contraste gritante com a minha pele negra, a dela é branca como papel, e seu rosto é tão salpicado de sardas que parece que alguém pegou um pincel e foi respingando com ele por toda a extensão. A luz amarelada do holofote bem acima de sua cabeça a faz parecer uma personagem do Tim Burton, os olhos fundos, as bochechas marcantes. Seu olhar parece cansado, como se ela tivesse passado por muita coisa na vida.

Sob o foco de luz, em meio à poeira que flutua no ar como partículas de glitter sopradas, ela tem um ar meio místico, quase sobrenatural.

Então, lentamente, sua resposta entra na minha mente.
Olhos de crocodilo.

Arregalo os olhos, minha boca formando uma careta de horror. Consigo controlar o grito que ameaça sair e dou um passo para trás, querendo me afastar daqueles olhos apavorantes.

— É para poções de inteligência — explica, percebendo minha expressão de mais profundo pavor. — É preciso deixar os olhos marinando na poção para que absorvam bem as substâncias, antes de você comer...

— Não! Não precisa explicar! — quase grito, pronta para dar no pé.

Antes que eu possa me virar, ela começa a rir.

— É de silicone. Pra festas. — Ela aponta para o teto baixo, de onde pende uma placa dizendo DECORAÇÃO. — Desculpa, é que você parecia tão horrorizada que eu não resisti. — Percebendo que aquela foi, de longe, a atitude menos profissional que poderia ter tido, ela se empertiga e pigarreia. — Posso ajudar em alguma coisa?

Meu primeiro impulso é responder que *não* e sair correndo daquele lugar. Para falar a verdade, nem sei direito por que entrei. Faz duas horas que estou andando pelas ruas de Copacabana e

Ipanema à procura de um lugar que precise de uma ajuda extra. Qualquer coisa informal mesmo, como entregadora, carregadora de caixas ou até distribuidora de panfletos. Eu sou ótima em panfletagem. E estou aceitando qualquer coisa, o que é sempre um bônus. Mas, mesmo com esses requisitos baixíssimos, não encontrei nada.

Estava prestes a desistir; já tinha decidido seguir pela Farme de Amoedo em direção à praia e passar o resto do dia estirada na areia, para ganhar mais tempo fora de casa, até que esbarrei naquela loja. Quase passei direto — é difícil notar um lugar que parece prestes a ser imprensado pelos imóveis vizinhos. Mas alguma coisa me fez parar. Um brilho, um reflexo na janela. Só hesitei por um segundo e meus olhos encontraram a placa, logo abaixo do número 61.

A Bruxa Boa da Zona Sul — esoterismo e astrologia.

Não havia nenhum "procura-se" nem qualquer anúncio do tipo, então não sei bem o que me fez entrar. Talvez eu tenha pensado que eu teria mais chances de conseguir tocar algum bom coração em uma loja pequena. E ali não era, afinal, o lar da bruxa *boa* da zona sul?

Ajeito a mochila da escola nos ombros e pigarreio.

— A senhora é a gerente? — pergunto, o queixo erguido com determinação.

— Bom, como pode ver — ela olha ao redor da loja antes de se voltar para mim, com uma expressão muito mais normal agora, sem a luz amarelada lançando sombras em seus traços —, eu sou a única pessoa aqui. Então, sim. Gerente. E atendente. E proprietária.

Proprietária? Ainda melhor.

Abro um sorriso, colocando as mãos na cintura com confiança.

— Ótimo! Meu nome é Hannah, muito prazer. Vim oferecer meus serviços.

Ela arqueia a sobrancelha.

— Seus serviços de quê?

— De qualquer coisa que precisar! — Passo o dedo pela estante e mostro a poeira na minha pele. — Precisa de alguém que limpe o lugar? Eu limpo! Nasci agraciada com a bênção de não ter nenhum problema respiratório. Posso também entregar panfletos na rua, *criar* panfletos lindos pra você, cuidar da loja, movimentar as redes sociais, até trazer mais clientes. O que precisar, eu faço.

Ela franze o cenho, não parecendo nem um pouco impressionada com a extensão do meu currículo, e acena com as mãos.

— Não estou precisando de ninguém no momento, obrigada. — E me dá as costas, já voltando para o balcão.

Corro atrás dela. Tento ir para a sua frente, mas o corredor é muito estreito. Então falo de trás mesmo:

— Mas, senhora, tempo é dinheiro. Toda vez que der uma saída, pode perder um cliente em potencial. Além disso, como pode limpar a loja atendendo? Inviável. A senhora precisa de mim.

Ela se vira, irritada.

— Quantos anos você tem, Hannah?

— Dezoito — respondo prontamente.

— E por que tá me chamando de senhora?

— Por respeito, senhora.

Ela bufa e continua seu trajeto.

— Como pode ver, consigo fazer tudo sozinha. Não temos clientes! — Um ar de frustração permeia sua fala.

Quase posso ler o letreiro neon piscando acima de sua cabeça: FALÊNCIA.

Talvez seja um sinal para eu desistir e ir embora. Como sou determinada, transformo esse sinal na minha maior arma.

— Por isso mesmo, senhora. — Ignoro o olhar zangado que ela me lança quando para atrás do balcão, de frente para mim.

— Posso ajudar a conseguir mais clientes.

— E como você vai fazer isso? — Sua expressão é de ceticismo, por mais contraditório que pareça, considerando que trabalha numa loja esotérica.

Ela não deveria pensar que minha aparição foi uma resposta do universo às suas preocupações?

— Podemos pensar numa estratégia de marketing apropriada. Instagram, Twitter, lista de transmissão do WhatsApp, canal no Telegram. TikTok! A senhora pode fazer sucesso explicando sobre pedras e energias. Podemos fazer o seu perfil viralizar e bombar!

— Ergo o indicador e o polegar das duas mãos, enquadrando seu rosto. — A senhora tem um ótimo perfil. Parece fotogênica, vai se sair bem.

— Não, não, não. Eu não sirvo pra essas modernidades. Nem sei mexer no Instagram direito. — Ela balança as mãos em negação, horrorizada. Eu podia imaginá-la como uma daquelas senhorinhas que abrem *lives* sem querer e compartilham as fotos no Facebook em vez de curtir. — E para de me chamar de senhora, eu só tenho vinte e nove anos.

Caramba, que mulher resistente.

— E como devo chamá-la, senhora?

Ela inspira bem fundo.

— Daisy.

Estico a mão, esperando que retribua o cumprimento. Ela retribui.

— Vai ser uma honra trabalhar com a senhora, Daisy.

— Mas eu não... — ela tenta dizer, mas o sino dos ventos tilinta mais uma vez e eu me viro prontamente para uma mulher de cabelos grisalhos que entra na loja.

Tiro o elástico do meu punho, prendo meu cabelo crespo num coque e me adianto para a mulher na entrada da loja.

— Boa tarde, posso ajudá-la?

— Boa tarde, minha filha — cumprimenta, com uma voz rouca —, estou procurando um colar de selenita, vocês têm?

— Claro, temos, sim. Só um minuto!

Vou até a sessão de cristais, pela qual passei assim que entrei na loja, e olho as pedras, na esperança de que tenha uma plaquinha com o nome de cada uma.

Não tem.

Eu não faço ideia do que é selenita. A única Selena que conheço é a Gomez.

Sinto um suor frio começar a brotar na testa enquanto a mulher passeia pelos outros corredores. *O que eu faço?* Tento não olhar para o balcão, mas é inevitável. Sei que Daisy está me vigiando.

Penso em pesquisar no Google, mas, antes que eu sequer leve minha mão ao bolso, Daisy aparece do meu lado, esticando a mão para um colar com uma pedra branca e fosca, cheia de ranhuras, como pingente.

— Obrigada — digo, com um sorriso sem graça, e levo o pedido para a cliente enquanto olho o preço na etiqueta. *Oitenta reais?* Meu pai amado, quem gasta oitenta reais num colar de pedra?! — Aqui, senhora. E acabou de entrar em promoção, a senhora chegou na hora certa! Está só oitenta reais.

— Que maravilha, muito obrigada!

Ela pega o colar e leva ao caixa, para onde Daisy já voltou, pronta para finalizar a compra.

Quando a moça vai embora, eu me apoio no balcão, satisfeita. Daisy me observa.

— O que você sabe sobre esoterismo? — pergunta, se sentando num banco de rodinhas.

Eu abro um sorriso amarelo.

— Nada?

— Astrologia?

— Meu signo é libra? — digo, num tom quase inquisitivo, porque é tudo que sei. E que eu supostamente deveria ser indecisa, sensual e sempre em busca de justiça. Não sou nenhuma dessas coisas.

Eu acho.

Ela fica me encarando com uma expressão curiosa, quase como se eu fosse um alienígena. Contenho o ímpeto de virar o rosto e limpar o suor da testa. Ela está ponderando, e eu só preciso de uma chance. *Me dê uma chance*, peço mentalmente.

Por fim, ela suspira.

— Eu não tenho muito pra oferecer.

Meu coração vai na boca.

— Não tem problema — solto, afobada. — Só preciso de uma oportunidade.

Ela ergue a mão, se rendendo, vira de costas e vai para os fundos da loja. Eu fico sem saber o que fazer. *Será que devo segui-la?* Mas, como ela não me chamou, resolvo esperar.

Alguns minutos depois, Daisy reaparece com dois livros enormes.

— Estude. — Ela os estende para mim. Meus braços cedem com o peso. — E esteja aqui amanhã depois da escola com cópia do RG, CPF e comprovante de residência pra eu preparar seu contrato.

— Como a senhora sabe que estou na escola? — pergunto com o cenho franzido.

Troquei de roupa antes de sair. Não queria que o uniforme atrapalhasse minha busca (não que tenha feito diferença).

— Vai precisar deixar de ser tão cética se quiser trabalhar aqui. — É tudo que responde antes de começar a folhear um livro na prateleira debaixo do balcão.

— É só essa semana — me apresso a dizer, apesar de ela não parecer mais interessada em mim. Me estico um pouco e consigo espiar o desenho de uma sereia no livro dela. — Semana que vem começam as férias de julho.

Daisy resmunga concordando, e eu olho para os livros. O de cima diz *Ocultismo e esoterismo para iniciantes*.

— A senhora não teria uma sobrecapa pra colocar por cima dessa não, né? — Sinto uma gota de suor escorrer nas costas; *se meus pais me virem lendo esses livros, eles me matam!* Mas quando Daisy ergue um olhar confuso para mim, eu apenas dou uma risadinha. — Deixa pra lá. Obrigada, até amanhã!

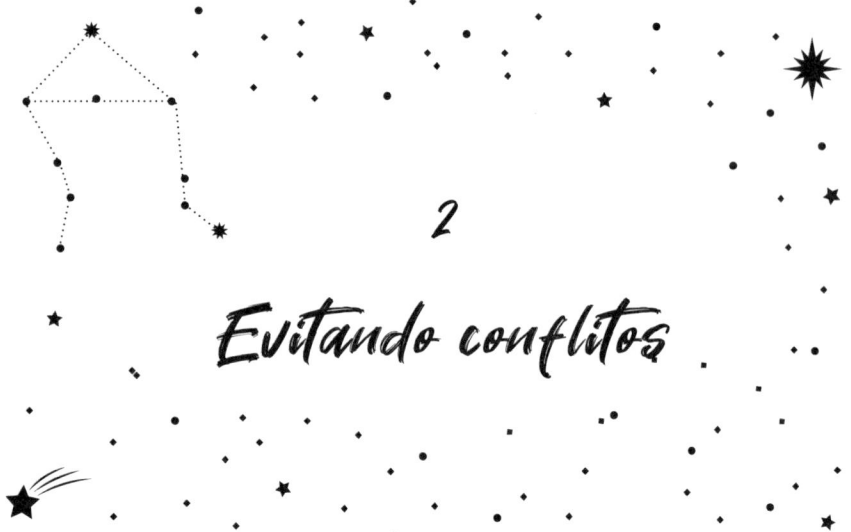

2
Evitando conflitos

Subir a ladeira dos Tabajaras sempre foi uma tarefa árdua para mim, ainda que faça isso desde que comecei a andar e minha mãe pôde, enfim, parar de me carregar no colo. De vez em quando, ouço velhos moradores dizerem aos novos "logo mais 'cê se acostuma" e tenho vontade de rir, apesar de já ter dito a mesma frase várias vezes. Claro, você se acostuma porque não tem outro jeito, a não ser que decida fazer isolamento social voluntário ou queira gastar todo o seu salário com mototáxi.

Mas subir a ladeira carregando dois livros grossos sobre esoterismo na mochila já cheia com o material da escola, torcendo para que seus pais não percebam o volume extra e perguntem o que você está aprontando, é três vezes mais difícil e duplica o tempo de subida. Ainda assim, eu subiria aquela ladeira correndo com a biblioteca de Daisy inteira nas costas se isso significasse que eu conseguiria passar um tempo fora de casa.

Quando enfim paro à porta da construção de dois andares, apoio as mãos no joelho, tentando recuperar o fôlego. Da janela aberta do primeiro andar, posso ouvir a televisão ligada, a voz dos atores da novela das sete ecoando alta por cima do barulho de talheres raspando os pratos.

O bom de ser junho é que as noites têm sido mais frescas, então o cansaço é só da subida, e não do calor abafado que emana do asfalto e gruda em mim como uma segunda pele. Eu respiro fundo e ajeito a postura antes de entrar.

Tento ser silenciosa, para pelo menos largar a mochila no quarto antes de meus pais me notarem, mas a porta de alumínio é irritantemente barulhenta e eu desisto de passar despercebida antes mesmo de pisar em casa. Deveríamos ter trocado essa bendita porta quando fizemos a obra do terraço, mas meu pai não aceitou nenhuma das sugestões que minha mãe e eu demos, porque não queria gastar um centavo a mais do que tinha planejado (é claro que ele acabou gastando, porque obras são imprevisíveis, e nós tivemos que aturar suas reclamações por meses).

— Isso são horas, Hannah? — meu pai ralha com sua voz grossa e potente, daquelas que retumbam no salão da igreja por cima das vozes dos fiéis fervorosos, enquanto me embolo para trancar a porta de costas para a ilha que separa a cozinha da sala. — Já passou da hora do jantar.

— Eu tava trabalhando — digo, meio desafiadora, meio apreensiva, agora encarando os dois pares de olhos escuros focados em mim.

Toda a coragem que tomei mais cedo some de repente, e a mochila parece pesar mais cinquenta quilos.

— Como assim, trabalhando? — minha mãe pergunta, a voz suave apesar de eu saber bem que ela consegue atingir decibéis ainda mais altos do que meu pai quando quer.

— Deixa eu lavar as mãos e já explico. — Aproveito a desculpa para fugir correndo. Subo até meu quarto e largo a mochila dentro do armário.

Lavo as mãos e coloco uma roupa de ficar em casa depressa. Quanto mais demoro, mais meu pai fica irritado. Não gosto de ser submissa, mas a verdade é que, sem ele, eu não tenho nada. Não tenho dinheiro, não tenho para onde ir. Além disso, eles são *meus pais*. Enquanto eu morar nesta casa, preciso seguir suas regras, preciso respeitá-los. E parte de mim é grata — porque, apesar de tudo que aconteceu, eles continuaram me aceitando debaixo do seu teto, como filha. Continuaram me amando. Isso é mais do que muitas pessoas têm, não é?

Mas também sei que, enquanto morar com eles, esses sentimentos vão me impedir de ser feliz. É por isso que decidi começar a trabalhar. Vai demorar até que eu junte dinheiro suficiente para ser independente, mas preciso ter a esperança de um dia conseguir viver como eu quiser, namorar quem quiser, sem precisar dar satisfação aos dois. Não consigo me imaginar vivendo sufocada desse jeito para sempre, e minha relação com meus pais já tem rachaduras grandes demais para aguentar por muito mais tempo. Se continuar aqui, eu vou ruir.

Desço correndo e pego o prato limpo que minha mãe deixou separado para mim na pia. As panelas ainda estão fumegando no fogão, e sinto o cheiro de couve-flor gratinada antes mesmo de abrir o forno.

— Hmmm — digo, bem alto, enquanto apoio a tigela na pia para tirar um pedaço.

Meu pai não gosta de couve-flor, então sei que minha mãe fez aquele prato só para mim.

— Cuidado com esse vidro quente na pia, garota — minha mãe briga, como sempre.

Assim que vou para a mesa da sala, dou um beijo na bochecha dela antes de sentar. O prato deles está vazio.

— Obrigada por essa delícia culinária, mãezinha. — O molho parece derreter na minha boca quando dou a primeira garfada. — Hmmm — repito, fazendo-a rir.

Ela balança a cabeça, o cantinho dos olhos, castanhos como os meus, se enrugando. Fisicamente, sou minha mãe todinha. Temos o mesmo tom escuro da pele, a boca larga, o sorriso cheio de dentes, o lábio inferior mais grosso que o superior, até o nariz, fino na ponte e mais largo nas narinas. Nossos fios de cabelo têm a mesma textura e são do mesmo castanho-escuro, só que os dela são mais curtos e com cachos mais apertados, enquanto os meus vão até os seios.

Meu temperamento, no entanto, é forte como o do meu pai.

— Boba — ela diz, calma de novo. — Por onde você andou, hein?

— É — meu pai se intromete, erguendo o queixo do mesmo jeito que eu faço, numa pose desafiadora —, que história é essa de trabalho?

Eu termino de mastigar antes de responder.

— Então, eu já andava pensando, desde que fiz dezoito anos, que seria bom poder ajudar em casa. — Estou tentando soar tranquila, como minha mãe faz quando tenta amansar meu pai, mas só o tom natural da minha voz já parece chamar para a briga. — Sei que a obra do terraço deu uma apertada na gente, e, se estiver trabalhando, eu posso pelo menos cortar os gastos que vocês têm comigo, não acham uma boa ideia? — pergunto como se eles, de fato, tivessem voz na decisão, apesar de eu estar com o emprego garantido.

— E isso não vai atrapalhar seus estudos? — meu pai pergunta. Desvio o olhar para o prato, levando mais uma garfada à boca. — Se repetir de novo, você vai ser jubilada, e aí é que vai ter mesmo que trabalhar pra pagar seu supletivo. Eu que não vou ficar sustentando filha preguiçosa.

— *Pai*. — Respiro fundo, tentando não me estressar. É incrível como temos facilidade de discutir. Minha mãe costuma dizer que é normal pessoas com personalidades parecidas viverem se estranhando, mas acho que nossas brigas têm mais a ver com o fato de meu pai ser um cabeça-dura. — Ano passado foi um ano *difícil*, você sabe disso.

Não lembro a ele o porquê; meu pai sabe muito bem o que fez comigo há dois anos. Minha vida virou de ponta-cabeça de uma hora para outra e não foi fácil segurar a barra e enfrentar o terceiro ano do ensino médio ao mesmo tempo.

E admito que ser reprovada foi minha forma de me rebelar.

Claro que agora vejo o quanto fui *burra* em fazer isso. Eu não estava pensando muito bem e havia uma raiva borbulhando dentro de mim que me impedia de ser racional. Mas, depois que a realidade bateu à minha porta, depois que eu entendi que teria que voltar ao colégio por mais um ano enquanto todos os meus amigos seguiam para a vida adulta, eu percebi que precisaria ser madura se quisesse deixar aquela vida para trás.

Meu pai arqueia a sobrancelha, fazendo pouco caso da minha alfinetada, mas não comenta nada.

— Esse ano eu tô indo bem nas matérias, é só tirar boas notas em mais um bimestre que tô aprovada. — E é verdade. Me dediquei muito no primeiro semestre, porque sabia que teria que me esforçar ainda mais no segundo, para o vestibular.

Parecendo ler meus pensamentos, minha mãe pergunta:

— E o vestibular? Trabalhar vai te tirar o foco do Enem.

Aceno com a mão, num gesto de desdém.

— O trabalho é bem tranquilo, numa loja de produtos naturais. — Meus pais não aceitariam bem se eu dissesse "loja esotérica", então decido por uma meia-verdade. Grãos e coisas integrais, tudo bem. Bruxaria? Jamais. Eles me arrastariam pelos cabelos até a igreja para ser exorcizada. — A dona sabe que tô no último ano. Ela disse que não tem problema eu ficar estudando na loja quando o movimento estiver fraco.

A música de encerramento da novela começa a tocar, e meu pai desvia o olhar para a televisão. Parece convencido. Sei que ele não recusaria uma boa oportunidade de cortar meus gastos.

— Se você acha que vai dar conta, tudo bem. Mas, se eu vir uma nota baixa no seu boletim...

— Vou me dedicar o dobro! Juro. — Cruzo os dois dedos indicadores e os levo à boca, num gesto de promessa.

Minha mãe se levanta da mesa, arrastando a cadeira com um barulho. Ela bagunça meus cabelos antes de começar a recolher os pratos vazios.

— Minha menina tá virando adulta — comenta, cheia de orgulho, e eu sinto meus ombros pesarem de culpa.

Meu pai se levanta da mesa e vai se sentar no sofá para assistir ao jornal, sem fazer questão nenhuma de ajudar minha mãe. Volto a comer enquanto William Bonner nos deseja boa-noite.

Quando termino de jantar e começo a arrumar a mesa, uma notícia chama minha atenção.

— *Desde criança, Lis amava subir em pranchas e enfrentar as ondas da cidade* — conta a repórter. — *Agora com dezesseis anos, a paixão se tornou profissão, e hoje ela é uma das maiores promessas do surf feminino no Brasil. Graças ao talento que chamou atenção da*

Confederação Brasileira de Surf, a jovem moradora de Saquarema vai participar, na semana que vem, do Mundial Feminino de Surf, que, pela primeira vez na história, terá uma das etapas sediadas no Rio de Janeiro...

Uma luzinha se acende na minha cabeça, e eu termino a arrumação às pressas.

Minha mãe está secando a louça do jantar quando vou até a cozinha para guardar a tigela de salada na geladeira e dou outro beijo em sua bochecha.

— Valeu pela janta, mãe. Vou subir pra estudar.

Nem a espero responder antes de correr para o quarto e desenterrar os livros que Daisy me deu. Eu vou mostrar a ela o quanto valeu a pena me contratar.

3
Atração pelo belo

Uma das coisas que mais amo em morar em Copacabana é estar perto da praia. Basta descer a ladeira dos Tabajaras e seguir uma linha reta em direção ao horizonte azulado com cheiro de maresia. Da janela do meu quarto, tenho a vista perfeita da orla. Assisto aos fogos de ano-novo de camarote em casa. Sempre que estou triste ou quero fugir da opressão dos meus pais, é para lá que eu vou.

O mar faz *parte* de noventa por cento da minha vida.

Apesar de ser segunda-feira, a praia está mais cheia que o normal. É fim de junho, muitas escolas já entraram de férias, e o Mundial Feminino de Surf começa no fim de semana. Depois de ver a notícia no jornal, na semana passada, comecei a esboçar um novo panfleto para A Bruxa Boa da Zona Sul, algumas ideias de promoções e um discurso para convencer Daisy a aproveitar o evento para divulgar a loja.

* * *

— Acho que a vibe surf tem tudo a ver com esoterismo — falei para Daisy na semana passada, no dia seguinte à minha contratação. Eu tinha acabado de chegar da escola e estava empolgada com as ideias que tive. — Surfista é meio hippie, gosta de umas coisas estranhas. Sem ofensas — acrescentei, quando percebi o rosto dela se contorcendo. — E, pelo que pesquisei, vem muita gente rica de outros estados e até estrangeiros pra assistir. Acho que é uma ótima oportunidade de encher a loja. E quando as pessoas veem uma loja cheia, ficam curiosas, querem saber o que tem de tão bom.

Daisy cruzou os braços e se recostou no balcão, mas um sorriso brincava em seus lábios, então eu sabia que a tinha convencido.

— Que mais?

Puxei o esboço do panfleto que havia feito na noite anterior, num pedaço de papel que arranquei do caderno da escola, e comecei a explicar as ideias práticas. Quando terminei de falar, Daisy perguntou:

— Você tá em qual série?

— Terceiro. Repeti no ano passado.

Não sei por que acrescentei essa informação. Meio que me acostumei, porque a maioria das pessoas costuma perguntar: "Começou a escola tarde?". Como se já não fosse vergonhoso o suficiente ter repetido de ano, ainda preciso ficar me justificando.

— Também repeti, mas foi o primeiro — comentou ela, não parecendo nada abalada. Senti uma pitada de alívio. — O ensino médio é uma mudança muito grande. De repente todo mundo está falando de futuro e vestibular, e você só quer se divertir com seus amigos.

— Pois é. — Não acrescentei que minha relação com meu pai e toda a confusão de dois anos atrás foram os fatores mais impactantes.

Daisy ficou em silêncio por um tempo, parecendo longe dali. Então, arqueando as sobrancelhas de repente como se despertasse, bateu no rascunho agora em suas mãos e abriu um sorrisinho.

— Você é muito boa nisso. Siga carreira nessa área que vai ter muito sucesso.

Meu corpo todo se arrepiou com suas palavras.

Aquilo foi uma... previsão?

Uma semana se passou desde então, e agora, olhando os panfletos impressos em minhas mãos, percebo que talvez ela só estivesse afirmando o óbvio. O resultado ficou mesmo muito bom, e eu sinto orgulho — tanto do material, quanto de ter recebido o elogio de Daisy. Eu pensava, sim, em seguir a área de publicidade, mas ouvir a aprovação de Daisy teve um peso diferente.

Volto a analisar o movimento da praia e fico feliz ao constatar que também estava certa sobre isso. Mesmo que o Mundial comece no fim da semana, a cidade já está começando a encher.

Vai ser um sucesso, tenho certeza.

Com a confiança renovada, respiro fundo e começo a andar pela praia, entregando o papel para qualquer pessoa com cara de que curte uma loja esotérica. Ou seja, basicamente todo mundo — não que eu seja a melhor pessoa para identificar amantes do esoterismo. O lado positivo é que a astrologia está super na moda, então é fácil puxar o assunto com as pessoas.

Levo quase duas horas para acabar com a pilha de panfletos, mas fico feliz com meu trabalho. Consegui atrair vários possíveis clientes não só com a arte, mas com o papo também. Alguns pedem até instruções para chegar à loja.

Estudei para caramba os livros que Daisy me deu — por vezes, madrugada adentro. Meus pais não são muito de invadir meu quarto sem motivo, mas eles não gostam de portas fechadas, e é verdade incontestável que, quando se está com medo de ser pega, a gente age de um jeito muito mais suspeito. Por isso, na maioria das noites, esperava que fossem dormir antes de tirar os livros do armário e começar a estudar com a lanterna do celular.

Com o orgulho inflado, endireito a postura cansada e observo o mar de guarda-sóis na areia, agora mais tumultuada do que quando cheguei. Não é aquela visão que estampa os jornais de domingo, mas, ainda assim, o lugar está bem cheio para uma segunda-feira.

Minha barriga ronca e, no celular, vejo que passa de meio-dia. Restam alguns poucos panfletos, mas decido deixar para continuar no dia seguinte. Prometi à Daisy que passaria as manhãs dessa semana divulgando a palavra de A Bruxa Boa da Zona Sul e voltaria à loja para ajudá-la em quaisquer outras tarefas que surgissem. Estou dominando muito bem esse negócio de trabalhar.

Abro um sorriso empolgado, pensando se devo tomar uma água de coco antes de voltar para a loja para almoçar minha marmita. Eu mais do que mereço um mimo depois do trabalho bem-sucedido.

É nesse momento, porém, que ouço um grito e sou arremessada no chão. O restante dos panfletos voa para todos os lados. Caio na calçada com um baque poucos segundos antes de sentir outro golpe, dessa vez de um *corpo* caindo por cima de mim. Uma confusão de braços e cabelos loiros me impede de ver que diabos acaba de acontecer, e eu empurro a pessoa num gesto instintivo.

— Ai — ela reclama, rolando para o lado.

O céu é de um azul tão brilhante que ofusca minha visão por um momento. Olho para o lado e vejo uma garota de cabelos longos e loiros de parafina se sentando na calçada. Mais adiante, outra vem correndo na nossa direção.

— Lis! — ela grita. — Você tá bem?

— Ai, tô. — A tal da Lis olha o braço arranhado e, confirmando que não tem nenhum machucado mais grave, começa a rir. — Nossa, que mico!

Eu me sento, meio emburrada, e confiro os *meus* machucados, que parecem um pouco piores que os dela. Sinto o sangue me subir à cabeça e tenho vontade de gritar, mas se tem algo que odeio é me meter em confusão, ainda mais antes do almoço. Não sou a pessoa mais bem-humorada com fome e detesto ainda mais ter que adiar minhas refeições. Por isso, respiro fundo, tentando controlar a irritação. Quando dobro o cotovelo do braço que apoiei no chão antes de cair, solto um gemido de dor, e as duas olham para mim, parecendo enfim lembrar da minha existência.

— Meu Deus! — Lis exclama, horrorizada. Ela se aproxima de mim e pega meu braço com cuidado, verificando meus arranhões. — Desculpa. Você se machucou?

Um "óbvio" mal-humorado quase sai da minha boca, mas de repente percebo que seu rosto é estranhamente familiar. Sua pele é bronzeada, os cabelos tingidos de loiro estão molhados e penteados para trás, e ela usa uma roupa de neoprene preta e azul. É bem verdade que quase toda surfista branca com quem esbarrei hoje tem a mesma cara, mas alguma coisa no rosto dela — o maxilar quadrado, talvez? Ou o olhar verde vivo e profundo — me lembra...

— Tá tudo bem? — A pergunta dessa vez parte da garota que veio correndo atrás da loira surfista.

Ela está parada à minha frente, a mão estendida para me ajudar a levantar, grandes olhos cor de âmbar me encarando. Seu cabelo muito liso, na altura do ombro, é da mesma cor, e uma franja reta cobre sua testa. A pele é de um marrom bem mais claro que a minha, e o canto externo de seus olhos é alongado. Ela é muito bonita, e eu sinto algo subir formigando pelo meu braço quando aceito a ajuda.

— Tá, sim — digo, reencontrando minha voz. — Obrigada.

— Desculpa, eu tava tentando ensinar minha amiga a andar de skate, mas ela é uma negação.

Ela olha torto para Lis, que encolhe os ombros e abre um sorriso sem graça.

— Desculpa. — Lis arregala os olhos de repente, então corre para começar a catar os panfletos que derrubei. Alguns voaram para longe, mas a maioria ainda está perto do skate que causou o acidente. — Desculpa — repete quando me entrega o pequeno bolinho de papéis, os olhos verdes cheios de remorso.

A voz dela desperta algo em minha cabeça, e eu estalo os dedos.

— Você é a Lis — quase grito, e ela me encara, assustada. — A surfista de Saquarema. Eu te vi na TV! — Estou tão empolgada que esqueço tudo que acabou de acontecer. Lis abre um sorriso envergonhado. — Achei sua história muito legal, espero que você se saia bem no Mundial! — É minha vez de arregalar os olhos e verificar seus machucados. — Tá tudo bem? Não vai te atrapalhar na competição?

Ela sorri e faz que não.

— Não, tá tudo bem, fica tranquila! Desculpa mesmo!

Ficamos naquele "desculpa", "sem problemas", "não, sinto muito mesmo" por alguns segundos, antes de as duas começarem a se afastar. É a amiga de Lis, a garota de olhos expressivos, quem pega o skate, como se quisesse evitar futuros acidentes.

— Eu te falei pra não tentar, você podia ter se machucado feio — diz, enquanto as duas se afastam.

Volto a olhar para os panfletos em minha mão, mas algo me faz sair correndo atrás delas novamente, entrando no modo profissional.

Elas olham para trás e param quando grito um "ei!" meio afobado.

— Eu trabalho numa loja de esoterismo e astrologia que fica aqui em Ipanema — explico, estendendo o panfleto. — Além de cristais, incensos e coisas do tipo, oferecemos leitura de tarô, mapa astral, revolução solar, sinastria amorosa. — A amiga de Lis parece ficar mais atenta quando cito este último. — Temos combos de desconto também, caso queiram mais de um serviço. Está tudo aí no panfleto. — Aponto para o papel na mão delas, fingindo não notar a reação da garota. — Se tiverem interesse, deem uma passada lá.

— O que é sinastria amorosa? — Lis pergunta.

— É a combinação do seu mapa astral e o da pessoa de quem você gosta, para ver se têm compatibilidade.

— Que legal! Estamos turistando antes do Mundial, então quem sabe a gente não passa lá?

A outra garota fica em silêncio, mas lê o panfleto com interesse. Lis agradece com um aceno empolgado, e as duas voltam a se afastar. Ainda consigo ouvir Lis dizer para a amiga:

— Olha que legal o nome, Thali! É de *Wicked*! — antes de desaparecerem em meio à multidão.

Eu me viro para voltar à loja, desistindo da ideia da água de coco quando meu estômago ronca alto. Mas uma sensação esquisita me persegue por todo o trajeto até a Farme de Amoedo.

A bruxa da história é Daisy, mas estou sentindo que ainda vou ver essas duas de novo.

Mal sabia eu que minha previsão se concretizaria mais cedo do que eu esperava.

4
Necessidade de ser amada...

Quando volto da praia para o almoço, mal posso acreditar no que vejo: Daisy está *empolgada*.

— A manhã foi movimentada — ela conta quando me vê de testa franzida e desconfiada. — Nem sei quantos clientes atendi! Vários estavam segurando seu panfleto.

Nunca cheguei a ver Daisy triste de verdade com a possível falência da loja, ela já andava meio resignada. Mas a diferença agora é gritante. Ela está com um sorriso que mal cabe no rosto e fica cantarolando enquanto eu almoço na copa. Até coloca uma playlist mais animada que as de costume — uns mantras indianos dançantes em vez dos sons da floresta que sempre embalam a loja.

Mesmo assim, fico chocada quando, no meio da tarde, depois de espanar as estantes, ela me chama e diz:

— Estava pensando em fazer seu mapa astral hoje. Pra te conhecer melhor e também te ensinar um pouco sobre a leitura. Assim você me ajuda com os clientes.

Já faz alguns dias desde minha contratação, mas Daisy nunca me designou nenhuma tarefa que exigisse mais responsabilidade ou conhecimentos específicos. Meu trabalho na loja estava restrito a limpar e organizar as estantes, conferir o estoque e repor produtos. A única coisa de maior importância que ela já confiou a mim foi cuidar dos planos de marketing que eu mesma havia me oferecido para fazer. Não que eu estivesse reclamando.

Mas o animador mesmo é ver que os frutos do meu trabalho estão abrindo caminho na indiferença de Daisy e fazendo-a confiar em mim.

— Claro! — digo, de prontidão, não querendo que ela mude de ideia.

Ainda não acredito muito nessa coisa de astrologia, mas se é assim que vou conquistar Daisy, então que seja.

— O mapa é uma ótima ferramenta de autoconhecimento, não vai servir apenas pra eu te conhecer, mas também pra *você* se conhecer, entender melhor seus próprios mecanismos e como poderia trabalhar para mudar aquilo que te trava. Se quiser, claro.

Concordo, demonstrando uma confiança que não sinto. Ter minha personalidade destrinchada não parece uma coisa muito boa, mesmo para alguém cética como eu.

— Abre o programa Astral do Bem — ela instrui.

— Não sei como a senhora consegue se achar nessa área de trabalho — murmuro, caçando o programa em meio aos ícones de pastas, arquivos e todo o tipo de lixo inútil que se possa imaginar.

— *Você* — ela corrige, como tem feito todos os dias desde que comecei a trabalhar. Eu abro um sorriso sem graça e dou dois cliques no programa. — E eu me acho na minha bagunça.

Ela empina o queixo, desafiadora, enquanto esperamos o programa com uma interface muito antiga abrir.

— É bem simples. Você só precisa informar nome completo, data, local e horário de nascimento, e o programa vai gerar o mapa, mostrando a posição dos astros e dos signos em relação à Terra no momento em que a pessoa nasceu. Analisando esse mapa, eu vou poder apontar as características, desafios, forças, qualidades, o futuro em potencial que ela pode ter e os caminhos que podem se abrir na vida da pessoa. No caso da revolução solar, o mapa é baseado na hora em que o Sol volta ao ponto exato do nascimento, ou seja, representa o ano que termina e o que começa no dia do aniversário. O horário certo de nascimento é fundamental. Sem ele, não tem como saber a posição correta dos planetas, e aí tudo muda. — Seus olhos escuros voltam a me fitar. — Você sabe a hora em que nasceu?

— Sei, sim. Eu... — começo a dizer, mas sou interrompida pelo barulho do sino dos ventos na porta da loja.

Uma cabeleira castanha e lisa chama minha atenção. E eu suspeito de quem seja antes mesmo que a cliente chegue ao balcão.

— Oi! — cumprimenta a amiga de Lis, com timidez. *Thali*, foi como Lis a chamou.

Ela está sozinha.

— Boa tarde! — diz Daisy. — Bem-vinda à Bruxa Boa da Zona Sul, posso ajudar?

A garota olha para Daisy. Protegidos da luz do sol, seus olhos agora adquirem um tom mais escuro e penetrante. Ela parece nervosa, secando as mãos na calça jeans justa. Não está mais com o skate e, pelo visto, tomou um banho. Reconheço o cheiro de banana de uma máscara de hidratação para cabelos que também uso.

— Eu recebi o panfleto mais cedo — ela aponta para mim num movimento curto e rápido — e queria... hm... saber mais...

— Você tá interessada na sinastria amorosa, né? — pergunto com delicadeza, lembrando do interesse estampado em seus olhos.

A decepção que sinto quando ela confirma me deixa surpresa. Desvio o olhar quando a menina abre um sorriso.

Sorrindo também, Daisy responde:

— Temos alguns combos de desconto, caso tenha interesse.

Conforme Daisy passa os valores, Thali presta atenção, contorcendo a boca, o que faz seu nariz enrugar de um jeito bem fofo. Por fim, elas acertam a sinastria e um desconto de 20% em qualquer artigo da loja. Daisy pede que ela preencha um formulário com todos os dados necessários e a leva até a salinha nos fundos da loja, depois da cozinha e do estoque. Enquanto isso, eu fico encarregada de passar os dados para o programa e imprimir os mapas.

Acabo sozinha com a missão de descobrir como usar o programa, pois, no fim das contas, Daisy não me explicou foi nada. Apesar da interface datada, o aplicativo é bem intuitivo, e eu consigo me virar com facilidade.

Olho para o papel em que a garota — que descubro agora se chamar Thalita — anotou as informações. Ela é quase um ano mais velha do que eu, e faz aniversário quase dois meses depois de mim. 29/11/2001 e 30/09/2002 me parece uma ótima combinação.

Então olho os dados da segunda pessoa e tenho duas surpresas: a primeira é que a pessoa é ninguém menos que Lis, a amiga surfista! *Quer dizer que você também gosta de meninas?*, me pergunto, ligeiramente feliz. Mas então a felicidade despenca. *Ok, a menina em questão é a Lis*, penso em seguida, sentindo o ânimo murchar. Minhas chances foram para o ralo. Além de linda, independente, surfista e famosa, elas parecem ser bem amigas. Isso se já não estiverem juntas — se bem que, nesse caso, por que Thalita teria ido até ali sozinha?

Mas a segunda surpresa é que Lis e eu nascemos não apenas no mesmo dia e mês, como também *exatamente no mesmo horário*. A única diferença é que ela é dois anos mais nova que eu.

Que coincidência bizarra!

Fico um tempão encarando o papel, pensando que o universo só pode estar querendo brincar com a minha cara, até que lembro que Daisy está me esperando e começo a preencher os dados de Thalita. Coloco para imprimir enquanto passo para os de Lis. A impressora é tão lenta que parece ter um duende dentro da máquina desenhando a imagem de próprio punho.

Quando a segunda folha é cuspida, levo as duas até Daisy.

É a primeira vez que entro na sala de consultas, mas é como eu imaginava: há uma mesa central, com duas cadeiras, uma de frente para a outra, onde Daisy e Thalita estão sentadas; uma única prateleira na parede à direita, cheia de livros, e uma mesinha de cabeceira minúscula à esquerda. A mesa de consulta está coberta por uma manta estampada com mandalas coloridas. As duas estão conversando, então tento ser discreta e rápida. Thalita, porém, ouve minha presença antes mesmo que eu chegue à mesa. Ela se vira para mim com o cenho franzido, mas relaxa quando me vê e abre um sorriso tão acolhedor que fico paralisada por alguns segundos antes de notar a sobrancelha arqueada de Daisy.

Então peço desculpas, entrego os mapas e volto correndo para o balcão.

É só depois que Thalita vai embora, quase uma hora depois, que Daisy volta ao meu lado e diz:

— Pronta pra a leitura do seu mapa astral?

Estou digitando minhas informações no Astral do Bem, quando uma onda de gelo aterrorizante domina cada membro do meu corpo e enfim percebo a grandessíssima besteira que fiz.

Puta.

Que.

Pariu.

Coloquei o ano do *meu* nascimento no mapa astral da Lis!

5

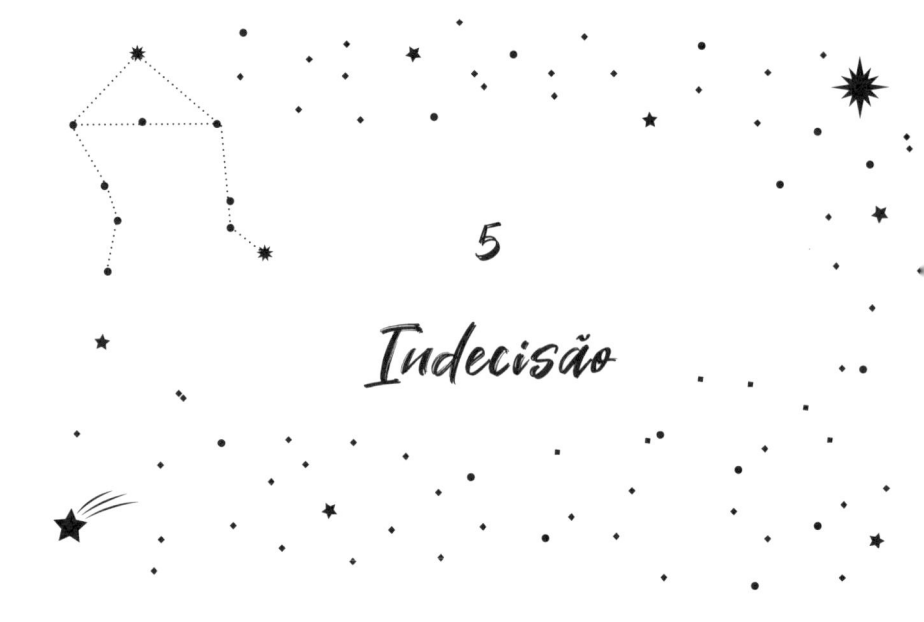

Indecisão

É preciso muito autocontrole para que eu não saia correndo da loja atrás de Thalita. Congelo com os dedos sobre o teclado, com Daisy do lado me esperando gerar o mapa. Mas, se eu colocar meus dados agora, ela vai perceber que são os mesmos do mapa que acabou de ler. Posso dizer que é uma coincidência doida, porque é *mesmo*, mas sinto o pavor da possibilidade de ser demitida me paralisar.

Por que isso tinha que acontecer justo quando Daisy resolveu confiar em mim?

— Hannah? — Ela chama minha atenção, inclinando a cabeça para olhar meu rosto.

— Eu... eu não tenho certeza da hora — digo, sem nem pensar, piscando rápido para disfarçar meu olhar vidrado. — Tô na dúvida, acho melhor confirmar na certidão antes.

Ela relaxa, e a confusão se desfaz de seu rosto conforme acredita na minha desculpa.

— Alguém apareceu por aqui enquanto eu estava com a menina?

— Não. — Minha voz sai num fiapo, e percebo que preciso recobrar a compostura. Pigarreio. — Não — repito, agora com mais força. Daisy suspira de decepção. Eu me empertigo. — Quer que eu vá distribuir mais alguns panfletos? — ofereço, a desculpa perfeita para a fuga surgindo num rompante.

Ela olha ao redor, talvez avaliando se tem alguma tarefa para mim aqui. Por fim, dá de ombros e concorda. Ela não precisa dizer duas vezes: no mesmo instante pego mais um bolinho de papéis embaixo do balcão e sigo para a porta, contendo o impulso de sair correndo.

— Nada de hora extra, hein — grita, quando estou cruzando o batente. — Não tenho dinheiro pra isso!

Apenas aceno com a mão em resposta, sem nem olhar para trás.

Deve fazer uns três minutos desde que Thalita saiu da loja e não tenho ideia para que lado ela foi, apenas escolho uma direção e deixo minha intuição me guiar.

Caramba, uma semana trabalhando com Daisy e já estou falando de intuição? Até o fim do ano vou ser uma hippie completa.

Ando em direção à praia apertando o passo e sentindo o coração acelerado. Não faço ideia do que vou fazer se encontrá-la, mas preciso fazer *alguma coisa* para consertar minha burrada.

Respira, Hannah! Não é o fim do mundo. Nem foi nada de mais. Dois míseros anos de diferença.

Mas e se, só por causa desses dois anos, a casa do amor de Lis for oposta à minha? E se, ao contrário de mim, a Lis curtir, sei lá, um romance louco e selvagem?

E daí? E se curtir? Até parece que eu acredito nessas coisas, né? Azar o dessa garota que quis fazer uma *sinastria amorosa* para decidir se investiria na crush.

Mas e se elas não ficarem juntas por minha culpa? Posso conviver com essa dúvida? Com o fracasso de uma investida porque caguei tudo?

Nem preciso pensar muito para descobrir a resposta: estar correndo atrás dela prova o tamanho do peso na minha consciência. Talvez eu deva simplesmente dizer a verdade.

Porém, daí ela voltaria à loja para fazer uma nova leitura, e Daisy ficaria sabendo e eu ainda correria o risco de ser demitida.

Antes que eu consiga chegar a uma conclusão, dou um encontrão em alguém que acaba de sair de uma sorveteria. Dessa vez, seguro os panfletos com força para que não voem para todo lado de novo.

— Você voltou pra se vingar, né? Pode confessar.

Pisco algumas vezes e vejo Thalita, olhando para o chão, onde tem um copinho de sorvete caído.

— Ai, caramba, desculpa! — peço, desesperada, e me abaixo para pegar o sorvete, apesar de saber que não tem jeito.

A torrada sempre cai com a manteiga para baixo. Mas, nesse caso, trata-se de um sorvete inteiro, daqueles *gourmet* e caríssimos.

Thalita segura meu braço.

— Relaxa, eu compro outro. — Ela própria se abaixa e resgata o copinho para jogá-lo no lixo.

— Não, deixa que eu pago — me ofereço, mesmo que meu coração esteja sofrendo com o dinheiro que vou ter que gastar.

— Não precisa, de verdade. Sei que foi sem querer. *Eu acho* — acrescenta com uma risadinha.

Ela é *tão* bonita que fico desconcertada. Sinto um frio na barriga como se estivesse em queda livre. O fato de ela estar a fim de outra garota é a maior prova de que o universo não está do meu lado. Mas eu me forço a me recompor, porque preciso estar bem tranquila quando for contar que ferrei com sua sinastria amorosa.

Se eu contar.

Eu vou contar, não é?

— Foi, sim, mas só porque foi sem querer não quer dizer que não devo arcar com meus erros, certo? Eu deveria tomar mais cuidado. — O duplo sentido em minha frase é proposital. Puxo de dentro do sutiã o dinheiro de emergência que sempre carrego e entro na fila, parando a alguns passos do cliente no balcão. Thalita observa meus movimentos e vai para o meu lado, com um olhar de quem acha graça.

Chega a minha vez, e eu peço o sorvete dela, tentando não demonstrar meu ultraje pelos preços abusivos.

— Você não quer? — pergunta, sem perceber meu mal-estar.

— Não curto muito sorvete — respondo, pegando o troco e seguindo para o balcão ao lado.

É uma baita mentira. Amo sorvete, mas minha meta é economizar para sair de casa, então não posso me dar o luxo de gastar quinze reais num sorvete que devoro em três colheradas.

Thalita pede os sabores — baunilha, pistache e chocolate belga — e espera a atendente entregar o potinho.

— Do que você gosta?

— Curto mais sacolé. — Gosto dos dois da mesma forma, mas ela não precisa saber. No calor do Rio de Janeiro, tudo que é geladinho e refrescante é bem-vindo. — Minha vizinha de frente faz uns sacolés de fruta maravilhosos.

— Ai, eu adoro sacolé. — Ela toma uma colherada do sorvete quando descemos o degrau para a calçada. — Aliás — diz, se virando para mim novamente —, esqueci de perguntar seu nome, né?

— É Hannah.

— Thalita — se apresenta, estendendo a mão. Eu a aperto, e a mesma sensação de formigamento que senti mais cedo, quando ela me ajudou a levantar, se espalha pela minha pele, dessa vez descendo até o baixo-ventre. — E seu braço, tá melhor? — Ela puxa meu braço e examina os arranhões.

Por que tinha que ser tão bonita? E estar interessada em outra garota?

E por que errei justo o mapa astral *dela*?

O peso da confissão que tenho que fazer destrói a sensação boa que seu toque deixou em mim.

Puxo a mão com delicadeza, tentando cortar nosso contato físico pelo bem da minha sanidade mental.

— Pronto pra outra. — Tento sorrir e soar natural. Não sei se sou bem-sucedida.

— Tá indo pra praia de novo? — Ela aponta para os panfletos com a colher de plástico, e eu assinto. — Ah, então vou te acompanhar. A Lis tá treinando, aí eu resolvi... — Ela morde o lábio, parecendo sem graça ao lembrar que acabou de ir à loja para analisar se ela e a amiga são compatíveis.

Aproveito a deixa.

— Vocês são amigas há muito tempo?

— Tempo demais — diz, com um suspiro, então me conta que as duas são de Saquarema e moram no mesmo prédio desde crianças. Conta que Lis gosta de surf desde que se entende por gente e ia religiosamente a todas as etapas do Mundial Masculino de Surf em Saquarema, sonhando com o dia em que seria uma profissional da Confederação Brasileira. E que estava muito feliz por enfim estar ali.

Fala muito mais de Lis do que de si mesma.

— Então você não surfa? — pergunto, quando paramos na calçada da praia.

Ela nega e raspa os restos de sorvete derretidos, virando o copinho na boca.

— Sou mais de skate. Mas é um hobby. Não quero ser profissional que nem a Lis nem nada.

— Você veio de companhia?

— Estou mais pra responsável. Os pais não queriam deixar que ela viesse sozinha, mesmo sendo pela Confederação. Não sei se você sabe, mas a Lis ainda é menor de idade. Daí, como eu sou "a amiga responsável", concordei em vir junto. Não que seja muito sacrifício vir tirar umas férias no Rio.

Ela abre um sorriso torto, e fico sem fala, porque, *meu Deus, ela fica ainda mais bonita com* aquele *sorriso*.

O silêncio se estende por tempo suficiente para ficar desconfortável, e um desespero vai crescendo dentro de mim, porque sei que ela logo vai querer ir embora, e eu preciso de uma oportunidade de me redimir antes.

— Eu queria... — começo a dizer, mas ela fala ao mesmo tempo:

— Você... — Então para, e nós duas caímos na risada. — Desculpa, pode falar.

— Não, não, fala você. — *Droga, universo.*

Ela coloca as mãos nos bolsos. Nosso papo desenrolou bem, mas dá para perceber que Thalita é meio tímida.

— Você também faz mapa, e essas coisas?

— Na verdade, não. Comecei a trabalhar na loja semana passada.

— Ah... — Ela olha para os próprios pés, que estão desenhando padrões invisíveis no chão. — Confesso que não sei muito bem o que fazer com as informações que a Daisy me deu.

— Por que não? Foi ruim o resultado? — Será que até os astros diriam que não temos nada a ver uma com a outra?

— Na verdade, não. Nossa compatibilidade é muito alta!

Uma comichão se espalha pelo meu peito, e tenho que morder o lábio para evitar sorrir. Não adianta nada a sinastria ter dito que somos compatíveis, se não é em mim que ela está interessada.

— Mas é que é estranho. Hmm... não sei se você reparou, mas a pessoa que eu... é... estou interessada é a... é a Lis, minha amiga. — Ela coça a nuca, parecendo muito envergonhada. Dá para ver que está em conflito sobre contar ou não. Fico esperando que continue, mas Thalita dá um suspiro e faz um gesto de desdém. — Deixa pra lá, é besteira. Não quero te atrapalhar mais.

Antes que ela pense em se despedir, eu pouso a mão em seu braço. Mas não faço isso por conta do meu erro a ser redimido. Há algo dentro de mim que simplesmente quer estender o nosso tempo juntas.

— Não é besteira, pode falar. Então você tá a fim da sua amiga.

Ela me encara, insegura, e hesita por um segundo.

— Na verdade — ela recomeça, devagar —, eu nunca vi a Lis desse jeito, sabe? Somos amigas há tanto tempo... crescemos juntas, sabemos tudo uma da outra. Ela sempre foi a Lis, minha melhor amiga.

— E quando as coisas mudaram?

— Foi esse fim de semana. Fomos comemorar a participação dela no Mundial com uns amigos antes de viajar, e daí no fim da noite, voltando pra casa, a gente... bom, a gente acabou se beijando. — Ela olha para o chão, evitando me encarar. — Foi uma coisa boba, mas tô com isso na cabeça desde sábado, sabe?

— E você acha que ela também?

Thalita bufa, frustrada.

— *Então*, não sei! A Lis é muito de boa com tudo. Leva muitas coisas sérias na esportiva. Já vi ela ficar com vários amigos nossos e depois seguir o baile como se nada tivesse acontecido. E comigo foi igual. — As palavras vão se atropelando, como se estivesse falando rápido demais para não desistir. — No dia seguinte, ela continuou agindo como sempre, mas também conheço a Lis bem o suficiente para saber que às vezes isso é só por fora. Então, não sei se ela também está pensando no que aconteceu, ou se essa chavinha virou apenas para mim.

— E você não pode conversar com ela?

— Poder eu posso. Meu medo é que as coisas mudem entre a gente depois disso. E não sei nem se é algo sério mesmo, ou coisa da minha cabeça. Eu tenho um histórico de me apaixonar fácil. — Ela abre um sorrisinho sem graça, girando o pote do sorvete entre o indicador e o dedão.

Por mim, você não se apaixona...

— Mas também não é como se você pudesse simplesmente esquecer isso sem entender o que está sentindo, né? — pergunto, tirando aquilo da cabeça. Sei que estou cavando minha própria cova, mas é impossível não querer ajudá-la. Tem alguma coisa em Thalita que me dá vontade de colocá-la num potinho. — Às vezes vale mais a pena arriscar e se decepcionar do que ficar pensando no que poderia ter sido. Talvez você possa aproveitar essa viagem pra isso, pra sondar ela e se entender também. E se for uma coisa de momento, vai passar.

Ela balança a cabeça, a confiança parecendo crescer dentro de si.

— É verdade, você tem razão. — Então abre um enorme sorriso, parecendo aliviada agora. — Você é ótima com conselhos motivadores, logo mais vai ser igual a Daisy.

Cruzes.

Thalita puxa o celular do bolso e arregala os olhos.

— Eita, preciso ir! Combinei que voltaria antes do treino da Lis terminar. — Ela joga o copinho de sorvete numa lata de lixo próxima.

Eu me desespero ao perceber que acabei de dar o último empurrão que ela precisava para investir naquele romance que nem sei se é compatível, e nem contei a verdade!

Abro a boca para chamar Thalita, mas ela já está pulando na direção da praia do Arpoador e dando um tchauzinho.

— Adorei te conhecer, Hannah! A gente se vê por aí!

Fecho a boca, frustrada. A quem estou querendo enganar? É claro que, se não consegui falar durante toda a nossa conversa, não vou conseguir agora. Tenho que aceitar meu destino cruel e, correndo o risco de ser demitida na segunda semana de trabalho, contar a verdade à Daisy.

Olho para o homem que se aproxima de mim e estendo um panfleto, metade da animação da manhã dissipada.

6
Mantendo o equilíbrio (ou fugindo de confrontos)

Thalita volta no dia seguinte.

Eu estou prestes a contar a Daisy o que aconteceu, quando a garota irrompe pela porta da loja. E por "prestes" quero dizer que passei a tarde inteira montando um discurso na minha cabeça e falhando miseravelmente em abrir a boca sempre que minha chefe se aproximava. Neste momento, ela está em uma consulta, e eu planejava abordá-la assim que o cliente fosse embora.

Quando cheguei em casa ontem à noite, a primeira coisa que fiz foi analisar as diferenças entre meu mapa e o de Lis. Tive apenas dois problemas: o primeiro é que não faço ideia de como analisar um mapa, então tive que recorrer a um site. Porém, como tudo na internet, somente uma amostra das análises ficava disponível — para ler o resto precisaria pagar, o que é claro que eu não ia fazer. Além disso, tenho certeza de que uma leitura on-line não é tão boa e personalizada quanto a de Daisy.

Mas deu para o gasto.

Foi o suficiente para eu entender que, ao que parece, as pessoas com Vênus em Libra, como eu, gostam de relacionamentos mais tranquilos que as pessoas de Vênus em Sagitário, como ela. O que significa que Lis gosta de aventuras, não é de se apegar. Ela prefere a espontaneidade e a falta de regras, enquanto eu prezo pela harmonia. Não é que sejamos opostas, apenas temos prioridades diferentes.

Claro que é tudo muito genérico, como manda o figurino quando se trata de coisas esotéricas.

Não que algumas características certeiras não tenham me surpreendido, mas, fala sério, dentre tantos chutes, não é impossível ter alguns acertos, né? Pensando nisso, cheguei à conclusão de que ter confundido os mapas não ia fazer muita diferença.

Pelo menos, foi o que disse a mim mesma para dormir bem à noite. Mas, com o avançar do dia, comecei a sentir uma certa dor de barriga — e não comi nada de diferente, então não podia ser problema intestinal. O fato é que eu posso não acreditar naquela baboseira, mas Thalita acredita. E Daisy também. Achar que não foi nada de mais amenizaria minha culpa, mas eu ainda poderia ser demitida. Daisy nem queria me contratar, para começo de conversa; talvez um erro desse seja o suficiente para me enxotar da lojinha sem pensar duas vezes.

Estou justamente imaginando a cena, sentindo o pé que vou levar na bunda ao contar a verdade — com o agravante de ter demorado para confessar —, quando o sino dos ventos toca e vejo o sorriso hesitante of Thalita do outro lado da loja.

— Oi! — ela diz, vindo até o balcão. — Não te vi hoje na praia.

— Eu tava em Copa hoje. — E como não posso imaginar que ela tenha vindo *me* ver, acrescento: — Tá procurando alguma coisa?

— Não, na verdade... a Lis tá treinando de novo, aí eu pensei em dar uma passada.

— Ah... — Fica aquele silêncio desconfortável no ar, porque sinceramente não sei o que dizer. O que ela poderia querer comigo? Mas sinto que ela quer conversar, então pergunto: — Como tá a viagem? Fizeram alguma coisa legal? — O que é meu jeito de sondar se suas investidas estão funcionando.

— Mais ou menos. — Ela apoia o cotovelo no balcão. — Estamos tendo algumas divergências de opiniões. Eu queria levar ela pra almoçar no Pão de Açúcar, mas hoje de manhã ela decidiu que queria ir com as colegas da Confederação numa trilha na Pedra da Gávea, e agora eu tô com a perna toda dolorida e não consegui fazer nada do que pretendia.

Agora que o constrangimento inicial passou, ela parece um bonequinho que, quando a gente dá corda, sai falando sem parar. Enquanto desabafa comigo, vejo que meu mapa e o de Lis realmente têm diferenças gritantes. E que minha confusão só está causando frustração e mágoa em Thalita.

— Mas, calma, vocês ainda têm a semana toda pela frente — tento tranquilizá-la, e me tranquilizar também. — E não é como se você só tivesse essa viagem para tentar fazer a coisa acontecer.

— Eu sei, mas pensei naquilo que você falou e sinto que a viagem tá sendo uma oportunidade, sim. — Ela apoia o rosto na mão, com uma expressão tristonha. — Quando a gente voltar pra Saquarema, tudo vai ficar normal de novo, e aí...

— E aí que você estabeleceu um limite pro seu esforço, não é? — chuto. — Você acha que se nada acontecer agora, é porque não é pra ser.

Ela se empertiga.

— Como você sabe?

Dou um sorrisinho de lado, e, quando vou responder, o sino dos ventos toca de novo, e vejo um jovem esguio, vestindo uma blusa cheia de mandalas coloridas.

— Um segundo — peço baixinho a Thalita, e vou até o rapaz. — Posso ajudar?

Fico muito consciente do olhar dela cravado nas minhas costas e me atrapalho explicando para o cliente a função de cada incenso. Sei que Thalita está ali apenas para falar de Lis, mas não consigo deixar de ficar contente com sua companhia. E nervosa também. E um pouquinho culpada.

Ela provoca muitas sensações divergentes em mim.

Quando o cliente vai embora, Thalita comenta:

— Você se encaixa tão bem aqui.

— Jura? — pergunto, meio descrente.

— Sim. Parece que está exatamente onde deveria estar. Sinto um pouquinho de inveja.

Inclino a cabeça para o lado.

— Por quê? Você ainda não encontrou seu lugar? — Não que eu sinta que a loja esotérica de Daisy *seja* o meu lugar.

Ela balança a cabeça.

— Tô cursando relações internacionais agora, mas odeio. Entrei por pressão dos meus pais, não tem nada a ver comigo. O problema é que não sei o que gostaria de fazer.

— Mas você não precisa ter pressa. Ninguém tem todas as respostas do mundo aos dezenove anos.

— Acho que ninguém tem todas as respostas do mundo nunca. — Thalita ri, e os olhos dela quase se fecham, mas ainda consigo ver o brilho em sua íris. — Mas talvez aqui você esteja um pouquinho mais perto delas.

Olho ao redor, analisando o lugar. A loja me deu uma perspectiva nova e cheia de esperanças para o futuro, e é verdade que me adaptei fácil, mas a julgar pela minha descrença com tudo que envolvia o esoterismo e meu medo de lidar com Daisy, não tenho tanta certeza de que vou encontrar aqui minhas respostas.

Quando volto a encarar Thalita, ela está com a sobrancelha arqueada e um olhar profundo.

— Que foi? — pergunto, hesitante.

— Você não acredita, né? Em nada disso aqui. — Ela faz um gesto com a mão, abarcando a loja.

— Eu não diria nada, *nada* — confesso, sem graça, mas tentando amenizar minhas palavras porque me parece uma traição à Daisy dizer isso a uma cliente.

Thalita solta uma risada alta, e dou uma espiada na porta dos fundos, com medo de atrapalhar minha chefe; tudo parece tranquilo. Quando me viro de volta, Thalita está com a mão na boca.

— Desculpa, não sabia que sua chefe tava aí — diz, com a voz bem mais baixa do que antes. Tento relaxar e sorrir para ela. Ainda estou apavorada de fazer qualquer coisa que possa deixar Daisy irritada, mas é difícil não me sentir mais leve na presença de Thalita. É por isso que não consigo contar a verdade; a companhia dela me distrai tanto que até esqueço as preocupações. — Só achei muito curioso. Como você veio parar justo aqui?

— Seria muito contraditório se eu dissesse que foi o destino?

— Seria no mínimo engraçado, mas eu acho que entendo.

— Meus pais são evangélicos. Do tipo *muito* intolerantes — admito, olhando para o balcão. Não costumo falar muito sobre minha vida pessoal, mas algo nela me faz ter vontade de contar tudo. — Estava meio desesperada à procura de trabalho, tentando sair de casa, e acabei topando com a loja. Não sei o que me fez entrar, mas entrei e implorei por uma vaga pra Daisy. E aqui estamos.

Seu rosto se transforma numa expressão compadecida.

— Sinto muito. — Ela parece sentir mesmo. — Meus pais são católicos de só ir para a igreja em casamentos e festas de santos, mas mesmo assim são bem conservadores. Cidade pequena tem muito disso.

— Então você entende.

Ela leva a mão para a testa, ajeitando a franja.

— Hoje não deixo mais de fazer as coisas que eu quero ou de ter minhas crenças por causa deles, mas entendo. Também já estive no seu lugar. Ainda tem coisas que não consigo fazer, como me recusar a cursar uma faculdade que eu não quero. — Ela abre um sorriso triste. — Mas avancei muito, e sei bem que cada um tem seu tempo, seu contexto, sua história, sua personalidade... e isso às vezes dificulta muito na hora de tomar certas decisões. O fato de depender deles também não ajuda.

— Você costuma bater de frente com eles? — pergunto, admirada, apoiando os cotovelos no balcão, como ela.

— *Muito.* — Ela dá de ombros. — No começo, eu tinha medo. Tínhamos uma relação boa, meus pais e eu, e eu não queria perder isso, sabe? Mas aí fui percebendo que enquanto eu seguisse a vida como eles gostariam, ela nunca seria de fato minha. E eu queria *muito* ter a minha vida. Foi quando contei pra eles que era bi, e aí, depois disso, comecei a me impor mais.

A forma como fala, tão decidida, me deixa meio embasbacada e ainda mais encantada. Devo ter ficado mais tempo que o recomendado olhando para ela com uma expressão boba, pois Thalita tira os cotovelos do balcão, meio desconfortável, e pergunta:

— Que foi?

Abro um sorriso sincero.

— Queria ver se consigo roubar um pouco dessa coragem.

Ela ri de novo, agora tomando cuidado para o som não sair alto demais, e é como se sua risada provocasse uma onda de alegria na minha corrente sanguínea.

Mas seu esforço de não chamar atenção é em vão porque, no segundo seguinte, Daisy surge nos fundos da loja com um cliente e olha para Thalita com uma simpatia contida, como faz com todos.

— Oi, querida! Voltou pra mais algum serviço? — pergunta, colocando a mão em seu ombro ao passar pelo balcão.

Thalita fica tímida de repente.

— Não, eu estava, há, atrás de... vela. Aromatizada. — Sua resposta é marcada por pausas inseguras. Nem o cliente ao lado de Daisy, um homem alto, de meia-idade e aparência jovial, deve ter acreditado na desculpa.

Minha chefe olha de mim para Thalita.

— Pode deixar que eu mostro onde estão — ela diz, guiando o cara para o caixa.

Eu me levanto, voltando à postura profissional, e começo a registrar o jogo de tarô completo que o cliente fez. Aprender a mexer no caixa foi o meu ensinamento do dia. Daisy está me delegando tarefas que cada vez exigem mais responsabilidade, e minha coragem tem se esvaído em igual proporção. Que grande bagunça essa em que me meti.

Quando o senhor está digitando a senha no cartão, Thalita para atrás dele.

Um novo silêncio desconfortável pesa no ar enquanto fecho a compra dela. Quando Thalita se despede e se encaminha para a porta, corro atrás dela.

— Tem uma trilha — digo, abrindo a porta como se fosse costume com todos os clientes.

Thalita dá meia-volta.

— Oi?

— Tem uma trilha pro Pão de Açúcar — me pego dizendo. — Se a Lis gosta de programas mais radicais, talvez você possa unir as duas ideias.

Ela abre um sorriso enorme, contente com a sugestão.

— Boa!

Antes que eu sequer possa entender o que está acontecendo, Thalita me dá um abraço, cheio de gratidão. Os braços dela envolvem meu pescoço, e seu rosto fica tão perto do meu que me assusto e quase a empurro para trás. Felizmente, consigo controlar meu sobressalto e deixo que ela encoste o corpo no meu por apenas um mísero segundo antes de se afastar. Meu coração bate tão acelerado que parece a bateria do Salgueiro.

— Valeu, Hannah! Você é ótima.

Então vai embora, e eu fico parada, sentindo o coração na boca com a demonstração repentina de afeto. Algo dentro de mim está mandando eu correr atrás dela, mas eu me viro.

E dou de cara com Daisy, observadora e analítica, de olho em mim.

Apenas volto ao meu lugar no caixa, sem dizer nada. Muito menos a verdade.

7
Desejo de agradar

Resolvo esperar notícias de Thalita antes de decidir se conto ou não a verdade a Daisy.

A loja anda movimentada, e ela tem feito tantos mapas, que duvido que vá se lembrar das informações de Lis. Talvez, se as coisas derem certo entre Thalita e a surfista, eu consiga varrer a culpa para baixo do tapete e esquecer esse episódio.

— Hoje você tá mais animada — comenta Daisy assim que entro na loja, depois de passar a manhã distribuindo panfletos na praia do Leblon.

O movimento na orla está cada vez mais intenso com a proximidade do Mundial e, sem o peso em minhas costas, consegui recuperar minha empolgação e fazer uma boa divulgação no turno da manhã.

Vou até a copa para pegar meu almoço na geladeira.

— O movimento na praia tá crescendo muito — digo enquanto coloco minha marmita no micro-ondas.

— Tá mesmo, nem tenho conseguido parar direito. Nunca vi a loja tão cheia! — Sua voz parece conter um gritinho animado. — Talvez dê até para investir num design legal para o site.

Eu me sento à pequena bancada da copa e começo a comer, contagiada pela alegria dela.

— Pensei em aproveitar essa tarde pra tirar umas fotos dos produtos. — Engulo uma garfada antes de continuar. — Pra postar nas redes. Seria bom dar uma movimentada por lá. Hoje em dia, ter um perfil on-line bonito e atualizado é a sua maior vitrine. — *Até porque a vitrine física não é lá grandes coisas.*

— Boa ideia!

O sino dos ventos toca umas três vezes enquanto almoço, e ouço Daisy ser tão simpática que nem parece a Daisy emburrada da minha primeira semana. Agora eu a vejo mais como se fosse uma criança abandonada do que uma velha rabugenta. Talvez também seja por isso que estou com tanto medo de contar a verdade. Apesar de sua resistência inicial, Daisy me estendeu a mão quando eu estava desesperada. Não quero dar um motivo para trazer a ruga de preocupação de volta a seu semblante.

Mas acabo tendo que enfrentar meu medo mais cedo do que tarde.

Assumo meu lugar no caixa, alguns minutos depois, enquanto Daisy acompanha um cliente até a porta. Em seguida, ela vem para o balcão, apontando para mim com um sorriso no rosto.

— Antes que eu me esqueça, bota seu mapa aí pra imprimir. Vou aproveitar o próximo tempo livre pra analisar. — Ela vai para a copa enquanto sinto meu corpo inteiro gelar. — Quer café? — pergunta, toda prestativa, alheia ao meu pânico.

Posso ouvi-la mexer nos armários, à procura de uma caneca.

— Não, obrigada. Eu não tomo café — admito, controlando a voz para não sair trêmula enquanto abro o programa do Astral do Bem. Não consigo nem curtir a primeira vez que Daisy se oferece para pegar uma bebida para mim. Tenho levado bebida de caixinha quase todos os dias e acho que ela nem percebeu.

— Jura? O que você bebe?

— Suco. Mate. Nescau. Coisas geladas. Tem alguns Toddynhos na geladeira que eu trouxe, não precisa se preocupar.

— Poxa. — Ela passou a cabeça pelo batente para olhar para mim, com cara de chateada. — Não dá pra ler a borra de nenhuma dessas coisas.

— Desculpa! — Eu me contorço de vergonha, me sentindo ainda menor.

Daisy ri e volta para a cozinha.

— Eu tô brincando, Hannah.

O barulho da Nespresso ligada preenche o silêncio por alguns segundos, e respiro fundo enquanto começo a inserir meus dados no programa. *Fica calma, Hannah, ela não vai lembrar.* Clico no botão "enviar dados" com o coração acelerado. O programa gera meu mapa, e coloco para imprimir.

Daisy surge ao meu lado, deixando um Toddynho no balcão. A impressora começa a trabalhar bem devagar.

— Eu pensei que vocês só tomassem chá — digo, tentando me distrair.

— Vocês quem? — pergunta, enquanto pego o canudo e furo a embalagem.

— Ah, sabe... — Me embolo, as bochechas esquentando. Deveria ter ficado calada. — Vocês... pessoas esotéricas... — Quase dou um tapa na minha própria testa e sinto que a análise do meu mapa nem vai ser tão ruim quanto *isso*.

— Pessoas esotéricas? — Daisy arqueia a sobrancelha, mas tem um sorrisinho no rosto.

— É...

— Não gosto de chá, tem gosto de água suja. — Ela troca o peso do corpo de uma perna para outra e se debruça no balcão, com o rosto apoiado na mão e uma expressão chateada. — Talvez eu não esteja fazendo meu trabalho de *pessoa esotérica* direito.

Aceno com as mãos.

— Não, você faz um ótimo trabalho como pessoa esotérica.

Ela sorri, achando graça.

— Fico feliz em saber. — Então se levanta e acena para a impressora. — Passe o mapa pra cá pra eu continuar meu bom trabalho de pessoa esotérica.

É isso. Chegou a hora.

Pego o mapa impresso com a maior lentidão e me viro mais devagar ainda. O sofrimento deve estar estampado em meu rosto, mas Daisy não percebe. Apenas puxa o papel da minha mão e coloca ao lado da sua caneca de café.

Passa os olhos pelo mapa, concentrada. Levo o dedo à boca, roendo a unha, apesar de nem ter esse hábito. Uma ruga se forma em seu cenho franzido. Meu coração para.

— O seu ascendente é Peixes. Isso significa que você é do tipo que encanta as pessoas, com seu jeitinho alegre, sua inteligência, sua facilidade de ter empatia. — Daisy ergue o olhar e sorri. Sinto um alívio enorme me inundar. *Ela não percebeu.* — Posso atestar. — Ela bate no papel. — E viu? Eu estava certa. Você tem mesmo a área artística no seu mapa. Não desperdice esse talento.

Daisy continua a analisar a posição dos astros na hora do meu nascimento, e vou relaxando cada vez mais. *Está tudo bem,*

Hannah. Você não vai ser demitida. Nem o fato de a análise dela ser terrivelmente precisa consegue tirar minha paz.

Pelo menos, até Daisy dizer:

— Uma coisa que você precisa tomar cuidado é com a sua dificuldade de se impor. Você quer sempre agradar todo mundo e esquece que a pessoa mais importante de todas é você mesma. Bem libriana mesmo. — Ela batuca os dedos no balcão e fica mais séria. — Sei que você está se esforçando, caso contrário não estaria aqui, mas nunca esqueça que nós somos os únicos sentindo e vivendo a nossa vida. — Algo dentro de mim se agita: não sei se Daisy está vendo essas coisas no mapa ou no dia a dia, mas me deixa paralisada. — Enquanto você esperar a aprovação dos outros e tentar não ser rejeitada, a maior rejeição vai vir aí de dentro. — Aponta para o meu peito. — Aprenda a se impor e a correr atrás do que quer, e o universo vai colocar tudo em ordem. Aprenda a respeitar suas crenças, a se conhecer através da sua própria ótica e ser fiel a isso, e só então você não vai mais ter medo.

Engulo em seco.

Ela me encara intensamente, como se me transmitisse uma mensagem secreta através do olhar, mas sua atenção é logo distraída quando o sino dos ventos toca.

— Deixa aí que depois termino — diz, se afastando do balcão sem me olhar duas vezes.

Fico parada, o coração retumbando mais que o brado do povo heroico às margens do Ipiranga, sentindo todas as minhas barreiras sendo derrubadas, uma a uma, pelas palavras afiadas da bruxa boa da zona sul.

8
O poder da conquista

Thalita vem me visitar de novo quase no fim do expediente.

Dessa vez, estou do lado de fora, do outro lado da rua, aproveitando o sol de fim de tarde para fotografar a fachada. Minha mente está imersa não só no trabalho, mas também nas palavras de Daisy. Elas ficam se repetindo para mim como um disco arranhado.

Enquanto você esperar a aprovação dos outros, a maior rejeição vai vir aí de dentro.

Eu me sobressalto quando Thalita chega de fininho, e acho que devia estar me observando há algum tempo, porque tem um sorrisinho no rosto.

— Você fica muito concentrada tirando fotos. — Ela se aproxima com as mãos no bolso. Está usando um maiô listrado, com um decote profundo, e um short jeans. Sua pele marrom-clara está com um bronzeado intenso agora, e foi de um tom âmbar para mogno. As bochechas parecem ter adquirido um tom rosado permanente. — Ficaram boas?

Aproveito a desculpa para desviar o olhar, porque meu corpo todo parece ter esquentado só de vê-la. Abro a galeria do celular e mostro as fotos.

— Caraca! — exclama Thalita. — Estão *muito* boas.

Depois da sessão da vitrine, surgem as fotos que tirei dos produtos, lá dentro. Olho para a loja e vejo Daisy no balcão. Acho que está olhando para nós, mas não dá para ter certeza a essa distância — às vezes sinto que ela consegue ler todos os meus pensamentos, o que é meio assustador.

— Essa foto tá muito linda — Thalita diz, me mostrando a tela.

É uma selfie minha. Com o rosto quente, pego o celular da mão dela, que acha graça da minha reação.

— Como foi hoje com a Lis? — pergunto.

Ela solta um muxoxo.

— Sua sugestão deu certo, e fizemos a trilha para o Pão de Açúcar hoje. Foi bem legal, o lugar é lindo demais. — Ela olha para o chão. — Mas não sei...

— Não sabe o quê?

— Não sei.

Ela dá uma gargalhada, e acabo rindo junto. É incrível como nos damos bem. Thalita tem um jeito meio tímido, mais fechada que eu, mas dá para ver o quanto ela fica confortável comigo. É a primeira vez que me sinto atraída por alguém desde minha primeira (e única) namorada. E é triste não ser correspondida, especialmente porque eu *sei*, eu *sinto*, que temos tudo para dar certo. Ao que parece, até o universo sabe, porque nossos mapas são mais do que compatíveis.

Então, o que falta? Por que não é por mim que ela está interessada?

Aprenda a se impor e a correr atrás do que quer, e o universo vai colocar tudo em ordem, as palavras de Daisy ressoam na minha mente.

— Então — Thalita acena, me trazendo de volta para o presente —, mas eu não vim aqui falar da Lis, apesar de parecer que só falo dela.

Faço cara de quem diz: "nossa, nunca reparei", mas ela ri do meu deboche.

— Eu sei que parece, não precisa dizer.

Dou uma gargalhada.

— Veio falar de quê, então?

— Vai ter um luau hoje na praia, queria te chamar pra ir comigo. — Quando franzo o cenho, pronta para negar, ela acrescenta: — Por favor, por favor! Vai ser legal.

Tenho mil e um motivos para *não* aceitar. Primeiro, eu não deveria alimentar aquele crush impossível. Segundo, meus pais vão me matar se eu chegar tarde em casa.

Mas então volto a me lembrar do conselho de Daisy e, antes que perceba, estou suspirando e dizendo:

— Tá bom. — Confiro a hora no celular. — Saio em quinze minutos.

Olho para a praia, do outro lado da Vieira Souto. O sol está quase se pondo, e o céu exibe um brilho alaranjado. O movimento está mais fraco do que pela manhã, mas ainda assim está cheio, como se fosse fim de semana.

Thalita digita no celular ao meu lado, e vejo a foto de Lis no chat do Telegram.

— Eles estão perto do posto 8 — ela diz, quando uma notificação apita.

— Então é pra cá. — Aponto para a esquerda, mas primeiro seguimos reto, atravessando a rua quando o sinal fecha. — Quem são "eles", aliás?

— É uma galera do surf mesmo. Tem algumas surfistas que estão participando do Mundial e outros que Lis conheceu em competições e moram no Rio.

— Você conhece algum?

Ela coloca uma mecha do cabelo atrás da orelha.

— Não muito bem.

Sorrio.

— Então, o que você queria mesmo era não ficar sozinha.

Ela morde o lábio, encolhendo os ombros.

— Talvez? — Deixa escapar uma risada. — Uma ajuda viria a calhar. Sou péssima em me enturmar com desconhecidos.

— Ué, e eu não era desconhecida?

— É, mas... com você foi diferente. — Os cantos dos seus lábios se erguem. — Eu te conheci por causa da loja, a gente acabou tendo assuntos em comum pra conversar, e... sei lá! Não sei explicar.

Acho fofo demais como ela perde as palavras quando está com vergonha ou insegura. A risadinha que solta sempre que não consegue completar um pensamento é mais como uma mistura de suspiro e bufada. Ela fica frustrada, dá para perceber.

— Tudo bem, sei que sou especial — digo, tentando quebrar o clima com uma piadinha. — Tenho facilidade de conversar com as pessoas.

— Deu pra perceber! Você é libriana, né?

— Sou, sim — respondo, meio sem graça.

— Ah, esqueci que você não acredita nessas coisas. — Ela ri, sem perceber que meu constrangimento não é por não acreditar.

É por não saber mais se acredito ou não. A cada dia que passa, a vida parece me empurrar mais para esse universo, como se quisesse me provar que estou errada. — Mas, de qualquer forma, fiquei admirada com sua desenvoltura no dia que entregou o panfleto pra gente.

— Você fala isso, mas sei que o que te fisgou foi a sinastria amorosa.

Ela abre um sorriso torto.

— Mas só me interessei porque você soube abordar e falar sobre isso.

Meu ego infla um pouquinho.

— Tudo bem, vou aceitar seu elogio, muito obrigada.

Ela me dá um empurrãozinho, o sorriso não saindo do rosto.

— Boba! É bem libriana mesmo, ainda que não acredite. — Ela então se empertiga, apontando para a frente. — Olha o posto 8 ali.

Nós seguimos pela areia à procura de Lis. Não é difícil encontrá-la. Está com um dos maiores grupos da praia, e as pessoas ao redor são todas brancas, com cabelos loiros ou luzes loiras, rosto bronzeado e corpo esbelto. Alguém está tocando um violão desafinado no meio da rodinha.

Thalita acena quando Lis olha na nossa direção, e a garota vem nos cumprimentar.

Ao contrário da amiga, Lis é extrovertidíssima. Não como eu: eu sou comunicativa, mas Lis tem *lábia*. É descolada, amiga de todos, do tipo que faz mesmo qualquer um se apaixonar. Dá para entender por que Thalita caiu em seus encantos e, mais ainda, por que está com tanto medo de nutrir o sentimento. Lis é o tipo de garota que você *sabe* que vai partir seu coração.

Ela fica um pouco com a gente, mas nem tenho tempo de conhecê-la direito porque não para quieta um segundo. Quando a conversa começa a se aprofundar, alguém a chama e ela voa. Acho que até eu me encantei um pouquinho.

Thalita fica observando a amiga se afastar. Estamos sentadas na areia agora, o sol já se pôs, deixando no horizonte um resquício do céu azul-claro. Dou uma espiada para ver qual é a expressão dela, pronta para usar isso como motivação para desistir de vez dessa história e parar de me iludir com as palavras de Daisy. Curiosamente, não é tristeza que encontro em seu olhar.

Thalita me encara e sorri.

— Vou te confessar uma coisa. Andei pensando e acho que aquela sinastria foi a maior furada. Já que você não acredita, não vai se sentir ofendida, né? — Thalita dá uma risadinha, mas minhas mãos ficam suadas com a menção à sinastria. Será que esse é o momento em que devo, enfim, contar a verdade? — Quer dizer, ok, pra ser justa, a Daisy me falou que, mesmo que dois mapas sejam compatíveis, não quer dizer que as duas pessoas vão ficar juntas, vários outros fatores influenciam uma relação. Mas cada vez mais percebo que não vai rolar. Funcionamos bem como amigas, mas como *namoradas*? Somos muito diferentes. E eu *sabia* disso, sempre soube. Quer dizer, que besteira! Por que achei que precisava de uma análise dos nossos mapas pra me dizer como a Lis é, do que ela gosta e se combinamos? Somos amigas há anos, eu sei tudo sobre ela. Mas acho que me deixei levar pelo beijo, por essa aura encantada que a Lis tem, e confundi as coisas.

Suas mãos se retorcem sobre os joelhos.

— Quando fomos hoje pro Pão de Açúcar, teve um momento... um momento mágico, em que eu pensei: eu deveria beijá-la agora. Tenho certeza de que ela teria correspondido. Não por gostar de mim, também tenho quase certeza de que ela não gosta. E sim porque o momento era mesmo propício. Mas alguma coisa me impediu. — Ela me encara, e sinto o coração bater freneticamente sob a intensidade do seu olhar. — Foi quando percebi. Eu não estou apaixonada pela minha melhor amiga.

Eu não deveria ter ficado tão feliz com essa frase.

Mas fiquei.

Preciso de muita determinação para conter a expressão de alívio, então mordo o lábio, e o olhar de Thalita se volta para ele por um milésimo de segundo. Meu estômago dá uma reviravolta brutal.

— Acho que me apaixonei pela ideia de me apaixonar. — Ela sorri. — Se é que isso faz sentido.

Com o coração martelando no peito, respondo:

— Faz muito sentido. E é muito mais fácil de superar, então você tá saindo no lucro.

Thalita dá uma gargalhada e apoia os braços na areia. Estica as pernas e ergue o rosto para o céu, fechando os olhos para aproveitar a brisa fria da noite. Parece muito mais aliviada agora, como se tivesse tirado um peso das costas.

Admiro seu perfil por alguns segundos, com a certeza de que não estou encantada só pela ideia de gostar dela. Thalita também tem sua própria aura mágica, pelo menos para mim. E tudo nela me impele a querer conhecê-la, a querer estar do seu lado. Pela primeira vez, desde a minha ex, Roberta, sinto que eu poderia me envolver com alguém de novo. Pela primeira vez, sinto que poderia me apaixonar por ela e que seríamos incríveis juntas. Não foi à toa que a nossa sinastria apontou tanta compatibilidade. A nossa relação é tão harmoniosa quanto a dança coreografada de um grupo de k-pop.

Saber que Thalita desvendou os próprios sentimentos, mesmo com a sinastria amorosa incentivando-a a investir em Lis — ainda que não fosse, de fato, o mapa de Lis —, me faz dizer algo que eu não estava nem um pouco preparada para dizer:

— Cometi um erro no mapa da Lis.

As palavras saem bruscamente, sem dar tempo de me arrepender e voltar atrás.

Thalita abre os olhos e baixa o rosto para mim.

— O quê?

Sob seu olhar atento, é difícil não ficar nervosa na iminência da minha confissão. Mas, por mais que eu esteja com medo, também me sinto em paz. Enfim vou poder me livrar da culpa e parar de remoer essa história. Vou lidar com as consequências que vierem em vez de continuar sofrendo por antecipação.

— A Lis e eu nascemos no mesmo dia, no mesmo mês *e* no mesmo horário. A única diferença é que ela é dois anos mais nova do que eu.

Thalita quase fica literalmente de queixo caído.

— Tive a mesma reação na hora — digo. — E eu também estava prestes a fazer meu mapa quando você entrou. A Daisy estava me ensinando a usar o programa e pediu pra eu preencher com meus dados. Por isso, quando fui inserir as informações da Lis, sem querer acabei colocando o meu ano de nascimento. — Dou de ombros, como se não fosse nada de mais, tentando minimizar meu erro, e olho para Thalita.

Ela fica me encarando, atônita, assimilando o que acabei de dizer. Não dá para saber se vai aceitar bem ou se, a qualquer momento, vai ter um acesso de raiva. Tento impedir minha mente de criar desdobramentos absurdos para a segunda opção. Sei que a apreensão deve estar estampada no meu rosto, então olho para o mar, regulando o ritmo da respiração com o movimento das ondas na tentativa de me acalmar.

— Por que você não falou nada? — É a primeira pergunta que faz, e começo a temer que esteja tendendo mesmo para o acesso de raiva.

— Eu tentei. Fui correndo atrás de você, lembra? Até derrubei seu sorvete sem querer, de tão azucrinada que eu estava. Mas… não consegui tomar coragem. — Encaro minhas próprias mãos enquanto me confesso. Tenho medo do que vou encontrar nos olhos dela. — Eu te contei dos meus pais, não contei? Que fui trabalhar na loja pra tentar sair de casa? — Espio de canto de olho e a vejo assentir. — Eu acabei de começar e aquela foi a primeira vez que eu fazia um mapa. A Daisy nem queria me contratar a princípio, e acabei ficando apavorada que ela me demitisse depois desse erro. Então fui atrás de você com a consciência pesada, mas deixei o medo falar mais alto. Desculpa. Eu não queria atrapalhar sua relação com a Lis, mas…

Mordo o lábio e fico quieta. Se eu falar demais, pode parecer que estou inventando desculpas. Quero que ela saiba que estou sendo sincera. Nunca fiz nada de propósito para magoá-la.

Thalita fica em silêncio, digerindo tudo que acabei de dizer.

— Então a sinastria que a Daisy fez não foi do meu mapa com o de Lis, mas com o seu? — pergunta, por fim, estreitando os olhos e inclinando a cabeça para mim.

Assinto, então pego minha bolsa e procuro a sinastria que fiz na internet com o mapa correto de Lis.

— Pesquisei pra ver as diferenças entre os nossos mapas, e é verdade que a sua compatibilidade com a Lis é um pouco menos harmoniosa, mas tem algumas coisas parecidas. — Estendo os papéis meio amassados para ela. — Pretendo contar a verdade à Daisy também, então ela pode refazer a leitura. Ou, se você preferir, eu te reembolso. — Meu coração dói com essa sugestão. Cem reais a menos na minha conta fariam muita diferença, mas a culpa é exclusivamente minha, então preciso arcar com o prejuízo.

— Ah, você vai ter mesmo que me reembolsar — diz ela, e sinto meu coração se partir ao perceber que é isto: Thalita não vai me perdoar.

— Pode deixar — concordo, com um fiapo de voz, pegando o celular para fazer a transferência.

Mas antes que eu sequer abra a bolsa, ela segura minha bochecha e me força a encará-la. O que vejo em seu rosto não é, nem de longe, a expressão de alguém ofendida.

É a expressão com que costumava olhar para Lis.

Só que, dessa vez, está olhando para mim.

Essa é a única coisa que tenho tempo de registrar antes de ela puxar meu rosto em direção ao seu. Nossos lábios se batem, meio desajeitados, e Thalita ri da própria falta de jeito. A tensão em meus ombros se dissipa, e me pego ansiando pelo beijo. Sinto o gosto de maresia, e é como se de repente alguém colocasse uma concha ao nosso redor. Tudo que consigo ouvir é o barulho das ondas, o piado dos albatrozes, o sussurro do vento.

Toco o rosto dela, mas então percebo que minha mão está suja de areia. Nós nos separamos, rindo, e limpo os grãos da bochecha de Thalita.

— Desculpa — peço, ainda sorrindo, ainda meio boba e atordoada.

— Tudo bem. — Ela retribui o sorriso, colocando uma mecha do próprio cabelo atrás da orelha. — Sua dívida tá paga agora.

Mordo o lábio, tentando não sorrir demais. Parece uma tarefa impossível neste momento.

— Achei que você só tinha olhos pra Lis — comento, meio brincando, meio falando sério. Em que momento tudo mudou? Como não percebi?

— Eu falei que tenho um histórico de me apaixonar fácil. — Ela encolhe os ombros, como se pedindo desculpas desde já. — Mas foi o que eu te disse: acho que, no caso da Lis, eu me encantei pela ideia. A gente ficou e foi ótimo, a química foi boa. E comecei a ruminar aquilo, sabe? E se? E se?

— E aí a realidade não pareceu tão boa quanto a ilusão?

Thalita dá um sorrisinho torto.

— Aí você apareceu. — Ela se empertiga. — Ok, isso soou mais meloso do que deveria. Não quero parecer uma romântica doida — acrescenta, rindo, sem graça. — É que eu percebi que você me provocava sensações reais, enquanto a Lis me parecia mais uma fantasia adolescente. E ninguém quer viver de fantasia.

Eu me aproximo, inclinando o corpo na direção do dela.

— Acho que vou ter que me empenhar um pouco pra te mostrar que não existe nada melhor do que a mistura perfeita de fantasia e realidade. — Dou uma piscadela.

Thalita morde o lábio, atraindo meu olhar para sua boca.

— Assim eu vou acabar mesmo me apaixonando.

Eu volto a beijá-la sem aviso, tentando provocar nela aquelas mesmas sensações reais que tanto a atraíram. Em mim, essas sensações ressoam alto e grave como um tambor. Os sons ao redor voltam a ser abafados, e sinto uma espécie de euforia que deixa todas as minhas terminações nervosas hipersensíveis.

Mesmo imersa no beijo, *nela*, eu me sinto alerta. Eu me sinto viva.

Naquele momento, percebo o quanto Daisy estava certa.

Naquele momento, não sinto mais medo.

9
Aprendendo a dizer não

Quando volto para casa, sinto que estou flutuando. Nem me incomodo com a bronca que levo do meu pai por causa da hora. Quem se importa com aquele homenzinho mal-humorado que não sabe o que é felicidade, afinal? Quem se importa com minha mãe sempre alheia à tensão palpável que paira na casa todos os dias desde a última grande explosão? Quem se importa com minha própria mãe nunca me defendendo das agressões verbais do meu pai?

Eu, com certeza, não me importo mais.

— Eu tava na praia com uns amigos, pai — digo, enquanto vou subindo para o meu quarto com uma leveza que nunca senti antes. — Eles me chamaram depois do trabalho, e esqueci de avisar.

Não peço desculpas. Nem por não ter avisado, nem pela mentira. Eu não estava fazendo nada de errado.

— Que amigos são esses? Você só sai com aquele Joaquim, e desde que ele entrou na faculdade e saiu daqui vocês quase não têm se visto. — Ergue o queixo, desafiador. — É melhor que você não esteja mentindo, Hannah. Se eu souber que você estava com aquela garota...

A menção à Roberta quebra minha bolha de alegria.

— Pai! — eu o interrompo, me virando quando chego ao segundo andar. Mesmo alguns degraus abaixo de mim, ele ainda parece tão maior. Maior que minha força de vontade. — Eu não estava, ok? A gente não se fala mais, não precisa se preocupar.

Ele me olha de cima a baixo, como se avaliando se acredita em mim ou não. Quanto a isso, não precisa se preocupar. Depois de tudo que fez, é óbvio que Roberta nunca mais olharia na minha cara. Mas sei que ela é apenas uma representação do que o amedronta. O que ele teme mesmo é a minha bissexualidade.

Pensar nisso deixa um gosto amargo na minha boca.

Viro o rosto, porque, quando essas lembranças vêm à tona, dói demais encarar meu pai. Nessas horas, a balança que equilibra nossa relação e que me mantém sã na maior parte dos dias pesa mais para o lado da raiva que da gratidão. Nessas horas, penso que nunca o vi agir de fato como pai. Não me lembro de nenhum momento de carinho sequer.

E hoje, em especial, a balança está ainda mais desequilibrada que o normal.

As palavras de Daisy se somam às minhas insatisfações.

Aprenda a se impor e a correr atrás do que quer, e o universo vai colocar tudo em ordem.

Viro de costas e sigo para meu quarto, porque sei que, se continuarmos discutindo, não vou aguentar. Sou uma panelinha de pressão que alguém esqueceu ligada. Sou uma chaleira com água em ebulição.

Preciso desligar o fogo antes que eu faça algo de que me arrependa.

Mas meu pai não parece capaz de interpretar minha saída de cena como um encerramento. Ele vem atrás, ainda cheio de disposição para a briga.

— Para de fugir das minhas perguntas, Hannah. Não te dei permissão pra me dar as costas. — Ele segura meu braço, e minha bolsa pendurada no ombro acaba caindo no chão com um baque.

— Por que você não me deixa EM PAZ?! — explodo, quase soltando um grito de frustração em seguida. A raiva troveja dentro de mim. A vontade que tenho é de sair correndo pela casa quebrando tudo. — Eu só quero viver minha vida!

— Não levanta a voz pra mim, Hannah. — A voz sobe um tom, como se competisse comigo. Ele aponta um dedo para mim. — Não quero mais ver você chegando tarde, não quero ver você encontrando esses *amigos* e quero que você saia desse seu trabalhinho amanhã mesmo.

— O quê? — Eu me viro para ele com as sobrancelhas quase unidas de tão franzidas, o olhar confuso e levemente debochado diante de sua expressão de fúria.

Então faço algo que surpreende até a mim mesma.

Eu rio.

Dou uma gargalhada alta, bem na cara dele, que arregala os olhos e recua um passo, também surpreso.

Aproveito sua hesitação para tomar fôlego.

— Quem você pensa que é pra achar que pode mandar na minha vida?

— Eu sou seu pai! — diz, ainda abalado.

— E eu gostaria que não fosse, então chegamos a um impasse.

Nós nos encaramos por alguns segundos, e admito que fico perscrutando seu rosto, procurando algum sinal de amor paterno, ainda que tóxico, ainda que distorcido. Não tenho certeza do que vejo em seu olhar: duvido que minhas palavras o tenham magoado; o mais provável é que ele esteja confuso. Meu pai aprendeu a ser aquele tipo de pai e nunca contestou isso. Sempre tomou como verdade. Verdade esta que se cristalizou tanto em sua vida a ponto de impedi-lo de entrar em contato com os próprios sentimentos, de amar sua esposa, sua filha, sua vida.

Mas não posso ficar aqui tentando quebrar suas paredes e me destruindo no processo.

Pego minha bolsa do chão, me sentindo estranhamente calma, e saio do quarto. Dou de cara com minha mãe na porta, o rosto inchado de chorar. Eu a encaro por um longo segundo. Sei que está preocupada comigo, mas sua passividade me fere tanto quanto as agressões de meu pai.

— Aonde você pensa que vai? — meu pai pergunta atrás de mim.

— Embora — é tudo que respondo, contornando minha mãe na escada.

Isso parece acordá-la. Ouço-a vindo atrás de mim, me chamando, a voz quase abafada pela voz estrondosa do meu pai.

— Hannah — ele diz —, se você sair por essa porta, nunca mais vai poder voltar!

Paro e olho para trás.

— Eu não *quero* voltar, pode ficar tranquilo.

Então saio e fecho a porta de alumínio, pela primeira vez me confortando com o barulho alto que ela faz. Começo a descer a ladeira dos Tabajaras, ainda cheia de bares abertos e moradores conversando.

Não quero pensar que acabei de sair de casa sem nenhum plano, sem dinheiro, sem ter para onde ir. Mas os pensamentos começam a se infiltrar de qualquer forma. Com certeza, não foi assim que imaginei que as coisas se desenrolariam.

Eu me sinto uma daquelas pessoas da carta XVI, presa em uma Torre em chamas. Já fazia muito tempo que estava aprisionada. Tinha decidido inconscientemente pegar fogo junto com a torre, queimando devagar. Mas agora... agora decidi agir. Pulei pela janela e estou em queda livre. Mas o chão lá embaixo parece um destino igualmente ruim.

Antes que eu sucumba, tiro o celular da bolsa e procuro na agenda o nome da única pessoa que pode me tirar dessa espiral de pânico.

10
O preço da paz

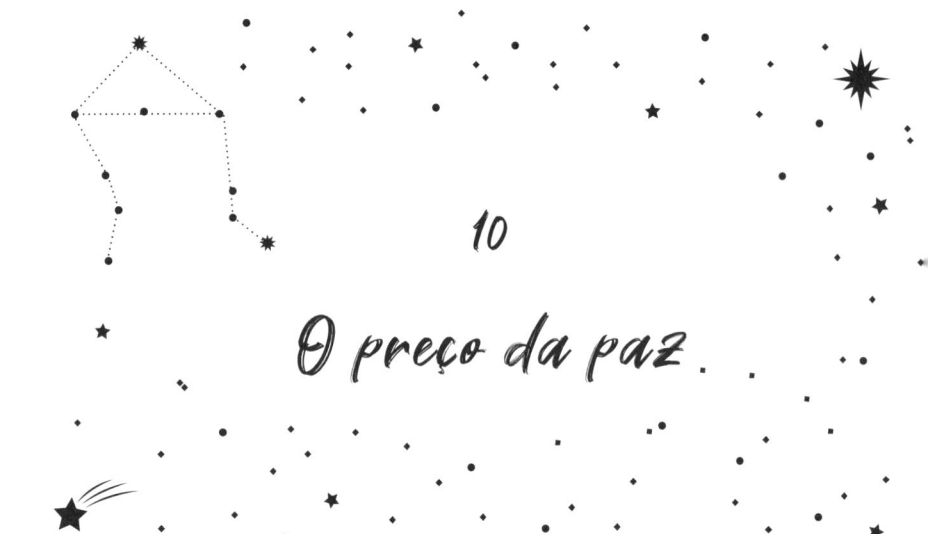

Quando Daisy abre a porta de casa, sei que estou um caco. Dá para ver em sua expressão quase protetora. Ela perde o ar desinteressado, a pose de durona, ou mesmo a personalidade empolgada com o sucesso que adquiriu nos últimos tempos. Parece uma pessoa totalmente diferente. Maternal até.

— Entra — convida, incisiva, me puxando para dentro com delicadeza.

Seu apartamento é grande demais para uma pessoa e tem tralhas amontoadas por todos os cantos. Os móveis são antigos, todos de madeira maciça, como se fosse mesmo a casa de uma senhora.

— Quer um Nescau? — pergunta, me deixando surpresa. Ela lembrou.

Sinto um quentinho se espalhar pelo meu peito com o gesto atencioso e assinto meio no automático porque, para falar a verdade, não faço ideia do quero agora. Sou oficialmente uma sem-teto. Mas pelo menos tenho um trabalho.

Ela vai para a cozinha, separada da sala apenas por uma bancada, o que pode ser um dos motivos para o lugar me parecer tão grande. Ou talvez seja porque estou me sentindo minúscula.

Quando ela volta, coloca o Nescau na mesinha de canto e segura minhas mãos, me puxando para o sofá.

— O que houve? — Sua voz é mansa, mas tensa.

Eu me sinto acolhida por sua preocupação e sou inundada por uma onda de gratidão.

Então conto tudo.

Conto que meu pai e eu nunca tivemos a melhor das relações. Que ele é grosseiro, rude, insensível. Que nunca me acolheu como pai, mas que as coisas pioraram quando ele descobriu que eu gostava de meninas. Conto que ele fez um escândalo quando me flagrou com minha ex, nos arrastou para a rua, para que todos os vizinhos ficassem sabendo que sua filha era uma pecadora. Conto que aquela foi a primeira e única vez, até então, que eu o havia peitado. Foi quando confessei para ele que, sim, eu sou bi. E que estava apaixonada por uma garota.

Conto também o quanto foi difícil quando Roberta negou tudo. O quanto me senti sozinha, abandonada, traída. A família dela se mudou do bairro na semana seguinte, e a garota que eu amava me bloqueou em todas as redes e nunca mais falou comigo.

Conto como tenho suportado um dia de cada vez. Um passo atrás do outro. Sempre pensando apenas em sobreviver.

Até eu conhecer Daisy, e Thalita.

— Você deveria ter me contado antes — ela diz, sufocada, quando termino a história. — Eu teria... — Mas a frase morre no ar.

Daisy se recosta no sofá, o olhar perdido. Acho que nem ela própria sabe o que poderia ter feito para me ajudar.

— A gente nem se conhecia direito — digo, como se ela é quem precisasse de consolo. — Eu só tinha que arrumar um trabalho, uma esperança de juntar dinheiro e sair de casa. E você me deu isso. — Abro um sorriso, tentando transmitir toda a gratidão que sinto. — O problema é que as coisas acabaram acontecendo um pouco mais rápido do que eu pretendia. Mas não precisa se preocupar — me apresso em acrescentar; não quero que ela pense que estou pedindo abrigo ou algo assim —, vou dar um jeito. Só preciso de um lugar pra passar a noite.

— Você pode ficar quanto tempo quiser, Hannah, não se preocupa. Como pode ver — seu olhar vaga pelo apartamento —, o apartamento é grande demais pra uma pessoa só.

— Eu não quero abusar, Daisy, você já tá sendo muito boa comigo.

— Você não tá abusando nada, eu que estou oferecendo. Eu posso ser meio rabugenta, mas meu coração não é de pedra, tá? Eu me odiaria se não te ajudasse nessa situação. — Ela dá um sorrisinho triste.

Nos encaramos em silêncio por um tempo, deixando a ideia se assentar, entendendo a realidade da situação. Eu me sinto tão, tão grata. E me pego pensando que só podia ter sido mesmo o destino que nos uniu — só ele poderia explicar como alguém tão incrível veio parar na minha vida.

Daisy se levanta.

— Além do mais, assim eu posso doutrinar você para o mundo da astrologia. Um passarinho me contou que você tem futuro nessa área também, se quiser. — Ela dá dois tapinhas no meu joelho.

O comentário me faz pensar no meu erro na sinastria amorosa. Engulo em seco, sabendo que, agora que contei a verdade à Thalita, preciso confessar para Daisy. Não podemos começar esse novo passo sem sinceridade.

— Então, senhora... — Meu nervosismo me faz voltar à formalidade quase que por instinto. Sacudo a cabeça. — *Daisy*. Tem uma coisa que preciso te contar.

Daisy contorce o pescoço para olhar para mim, as sobrancelhas arqueadas, sem dizer nada, só esperando.

— Eu fiz uma besteira — começo, observando minhas próprias mãos. — Uma besteirinha. — Junto o polegar e o indicador para demonstrar que foi coisa pequena. A sobrancelha direita dela se ergue ainda mais. — Você se lembra da Thalita?

Ela fica completamente de frente para mim e cruza os braços. Engulo em seco.

— Lembro.

— Ela foi lá na loja fazer uma sinastria amorosa, né? E por uma coincidência louca, eu e a Lis, a garota de quem a Thalita gosta... gostava... — me corrijo, ignorando o nó no estômago — ... nós nascemos no mesmo dia, do mesmo mês. *E no mesmo horário.*

Fico encarando Daisy, esperando que ela pareça surpresa, ou chocada, mas ela continua apenas me olhando com seus olhos escuros e intensos. Acho que não acredita tanto em coincidências assim. Nem sei se eu acredito mais.

— E aí, quando fui colocar os dados da Lis, meio que me confundi e — hesito — coloquei o *meu* ano de nascimento.

— É mesmo? — ela pergunta, enfim, mas parece quase... debochada? — E o que você fez?

Estreito os olhos.

— É — falo, devagar, desconfiada. — Já consertei tudo e falei com a Thalita, não precisa se preocupar. Mas senti que tinha que te contar. Posso não entender muito bem dessas coisas, mas é o seu trabalho. E as pessoas procuram você porque acreditam nisso. — Não tinha a intenção de usar a palavra "acreditar", mas sai antes que eu perceba.

Mas Daisy não fica chateada com a descrença da própria funcionária. Não. Em vez disso, Daisy sorri.

— Eu acho que você também acredita, em algum lugar aí dentro. Não foi à toa que entrou na loja, e você sabe disso. Talvez estivesse precisando de um pouco de magia na sua vida.

Ela puxa um banquinho sem encosto que compõe a decoração da sala e se senta de frente para mim.

Minha primeira reação é desdenhar de sua sugestão. É claro que eu não queria um pouco de magia, eu queria apenas um emprego. Mas então penso no dia em que passei na frente da Bruxa Boa da Zona Sul. Penso no meu olhar atraído para a vitrine meio mística, na minha curiosidade ao vagar pela loja, no meu medo de certos objetos desconhecidos. Penso em como algo me atraiu para lá, mesmo indo contra tudo em que eu acreditava, e como insisti no emprego apesar de Daisy ter dito que não precisava de ninguém.

— Soube que você tinha trocado as informações no momento em que vi o mapa — continua ela, me fazendo arregalar os olhos. *Ela sabia?!* — Vi sua data de nascimento nos seus documentos, quando você assinou o contrato. Claro, não sabia a hora que você tinha nascido, mas achei coincidência *demais* para ser coincidência. Quando fiz seu mapa, tive a confirmação. — Ela apoia as mãos nos joelhos, empertigando a coluna. — Joguei um verde para a Thalita, esperando que ela percebesse que tinha alguma coisa errada, mas ela não percebeu. E a espiritualidade cochichou no meu ouvido que era pra ser assim. Então deixei estar. Acho que você se virou bem com a situação.

Ela abre um sorrisinho, e sinto um arrepio percorrer a minha coluna ao ouvir a palavra "espiritualidade".

— O que eu precisava aprender com isso? — A pergunta me escapa, e percebo que há uma entrelinha importante dizendo: eu acredito.

Os olhos de Daisy brilham. Acho que ela está pensando o mesmo que eu — na Hannah cética que entrou na loja no primeiro dia.

— O que você acha? — pergunta, enfim.

Olho para o chão, pensando em tudo o que aconteceu desde então — em como tive que lutar contra minhas crenças, ou contra o que eu pensava que fossem minhas crenças, para fazer o que julgava certo. Em como precisei brigar comigo mesma, com meu medo de conflitos, com minha dificuldade de me impor, para encontrar um pouco de paz. Em como toda a confusão com os mapas me aproximou de Thalita e em como nossa aproximação agitou algo adormecido aqui dentro: a minha vontade de viver seguindo minhas próprias regras.

— Eu precisava retomar as rédeas da minha vida. — A resposta sai num sussurro.

Ergo o olhar, procurando o rosto de Daisy, e encontro em sua expressão satisfeita a confirmação de que eu precisava para exalar um suspiro de alívio.

Eu me sinto em paz pela primeira vez em muito tempo.

11
A força da liberdade

O sino dos ventos tilinta quando estou na seção do tarô, empilhando as novas caixas de baralho que peguei nos fundos da loja logo que deixei minha bolsa na copa. Ainda é a mesma bolsa de dois dias atrás, com as mesmas tralhas que levei quando saí de casa pela última vez. Tenho evitado pensar em todas as coisas que deixei para trás e na possibilidade de meu pai ter revirado meu quarto e fuçado meus pertences. Não deixei nada valioso ou incriminador, exceto os livros que Daisy me emprestou, mas é difícil me livrar do medo quando ele esteve tão enraizado em mim durante minha vida inteira.

Eu me empertigo com o som e espio por entre as prateleiras para ver a silhueta de uma garota tão linda que me faz perder o ar por um segundo. Uma das caixas despenca da estante e se abre, deixando escapar uma carta com a ilustração de uma mulher abrindo a boca de um leão com as próprias mãos.

Recolho a carta e o baralho, e coloco no lugar antes de sair correndo para o balcão, onde Thalita está me procurando.

— Oi — cumprimento, ofegante, ajeitando meus cabelos no coque alto.

Ela se volta para mim, abrindo um sorriso. Leva a mão às costas e olha de esguelha para Daisy, que está no caixa com mais um livro sobre sereias aberto à sua frente. Ela é meio obcecada por seres místicos.

— Oi — Thalita responde, parecendo constrangida pela presença da minha chefe e nova colega de casa. Ainda parece estranho pensar que agora moramos juntas. — Vim te acompanhar... sabe, pra distribuição dos panfletos na praia. — Ela morde o lábio para tentar tirar o sorriso do rosto. Nós duas sabemos que é provável que eu trabalhe menos do que deveria.

— Ah, ser jovem e apaixonada — Daisy comenta num tom divertido, virando uma página do livro. — Até trabalhar vira algo romântico.

Contei a ela sobre mim e Thalita naquela mesma noite. "É, eu sabia que isso ia acontecer", disse enquanto eu jantava uma lasanha congelada. "Eu analisei o mapa de vocês, afinal. Uma libriana e uma sagitariana. Tem tudo pra ser belo e harmonioso, tal como vocês librianos adoram. O relacionamento ideal, não acha?" Ela me olhou, cheia de expectativa, e eu quase ri internamente com sua tentativa de disfarçar a curiosidade. Em vez disso, contei como me encantei por Thalita desde o primeiro encontro e aproveitei a desculpa para esquecer as preocupações com minha família e por não ter recebido nenhuma ligação deles querendo saber onde eu estava. No dia seguinte, minha mãe me mandaria uma mensagem preocupada, mas isso não seria o suficiente para aplacar minha decepção.

Guardo o pensamento sobre os meus pais no grande arquivo mental de Coisas Com As Quais Ainda Não Estou Pronta Para Lidar e vou para trás do balcão pegar um bolinho de panfletos.

— Você ainda é jovem, Daisy — retruco, contendo um sorrisinho.

É engraçado como Daisy às vezes parece ter múltiplas personalidades. Na maior parte do tempo, sua aura emana um ar debochado, como se ela fosse a pessoa mais cética do mundo. Às vezes, como dois dias atrás, se torna séria e preocupada, maternal até. Quando o assunto é amor, porém, tenta mascarar, mas não consegue esconder que é uma romântica incurável. Faz piada e zomba, e é assim que vejo o quanto está interessada em saber mais.

Qual será seu signo, aliás? Talvez virgem?, me pego pensando, para minha surpresa.

— Quando é pra concordar que sou uma velha, você não concorda — reclama, retomando o ar rabugento.

Dou uma risadinha.

— Tô indo distribuir os panfletos — aviso, me apressando para sair antes que ela me peça para ficar. Hoje começa o Mundial de Surf e eu quero ver Lis disputando, apesar de suspeitar que vai ser um dia bem movimentado na loja. — Talvez eu volte tarde, vai ter bastante gente na praia pra eu conversar!

— Sei — debocha, com a voz arrastada. — Não enrola muito, não, hein? E me manda muitos clientes — grita, antes que eu saia.

Thalita segura minha mão assim que chegamos à calçada, me puxando depressa para a praia.

— Anda que não quero perder o começo! A Lis é uma das primeiras.

— Você vai fazer a líder de torcida da ex-crush do meu lado? — pergunto de implicância, mas Thalita me lança um olhar assustado. Acho que ainda não temos intimidade para esse tipo de brincadeira. Dou uma risada para aliviar o clima. — Calma, eu tô zoando.

Ela leva a mão ao peito.

— Que susto, já ia me arrepender de ter te beijado.

— Assim você me magoa. — Paramos na esquina do cruzamento, esperando o sinal de pedestres abrir. — Eu não seria o tipo de girl lixo "Deus me livre, mas quem me dera"?

Thalita ri, então me olha de cima a baixo.

— Que *lookinho* é esse?

Olho para baixo. Estou vestindo uma saia longa florida e uma regata branca que Daisy me emprestou. Saí de casa apenas com a roupa do corpo, então não tinha mais nada para vestir. Ontem, peguei apenas uma blusa de Daisy e usei a mesma calça, porque não queria incomodá-la, mas de noite ela me perturbou para que eu pegasse o que quisesse até a gente resolver a situação. Apesar de seu estilo ser bem diferente do que eu estava acostumada, gostei do que vi no espelho. Combinava com minha nova vida. Mais solto, mais alegre.

Combinava com a nova Hannah. Ou com a Hannah verdadeira.

Finalmente me transformei numa hippie completa.

— É da Daisy. Ficou ruim? — pergunto, dando uma balançada na saia com um sorriso.

Thalita ficou sabendo de tudo no dia seguinte, quando foi me visitar na loja. Contei a ela uma versão resumida dos fatos, porque, apesar de termos uma química inegável, ainda estamos nos conhecendo, e não quero apressar as coisas. Nem sei como vamos ficar depois que o Mundial acabar e ela tiver que voltar para casa. Cada coisa no seu tempo, e quero aproveitar ao máximo o restinho dos nossos dias juntas.

— Ficou ainda mais maravilhosa. — Ela me dá um selinho rápido na mesma hora em que o sinal de pedestres fica verde.

Nós voltamos a correr para a praia, ainda de mãos dadas. Os panfletos estão presos por um elástico — aprendi minha lição depois do primeiro encontro com Thalita —, mas eu os seguro com firmeza, por via das dúvidas. Quando chegamos à orla, o vento costeiro e os gritos dos espectadores na praia me atingem em cheio. Sinto uma comichão se espalhar pelo meu corpo, como se estivesse anestesiada.

Ser jovem e apaixonada, Daisy debochara. Mas a verdade é que é assim mesmo que me sinto. Jovem e apaixonada. Não por Thalita — ainda não, pelo menos. Mas por nós duas juntas. Pelas possibilidades. Pela vida.

Pelo destino.

Olho para o mar por cima das cabeças que lotam a praia e a água parece cintilar sob a luz do sol. Uma surfista desafia a gravidade enquanto voa sobre as ondas com sua prancha. Inspiro fundo o cheiro de maresia. Thalita aperta minha mão, como se entendesse exatamente como me sinto.

Forte. Invencível.

Empolgada com a perspectiva quase mágica de um futuro inteiro pela frente.

Um futuro inteiramente livre.

Tecido pelas estrelas

Por Lia Rocha

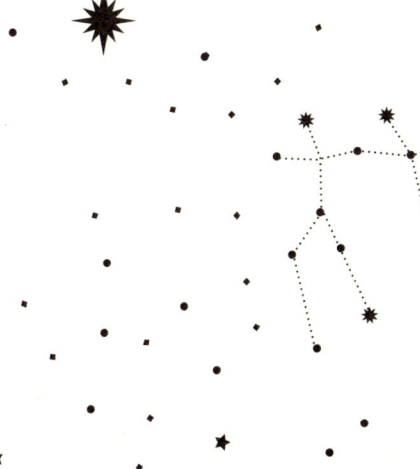

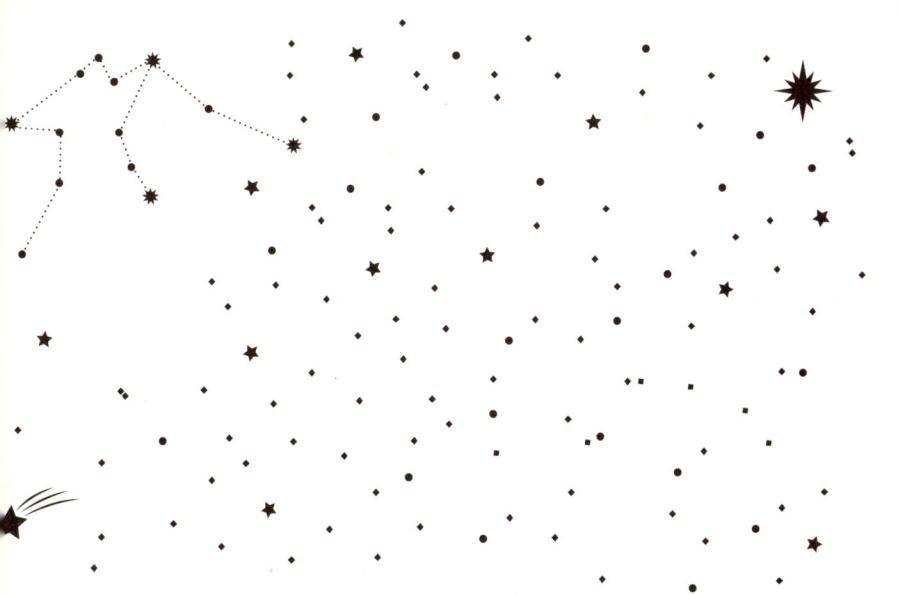

Fazia alguns meses que eu não entrava naquele conhecido prédio da zona sul de Belo Horizonte, mas a mensagem no meu celular pedia tanta urgência que nem consegui almoçar; assim que dei a última aula, corri para o Ateliê Marcata.

Por fora nada tinha mudado, mas ao chegar no décimo andar, fiquei encantada com a reforma recentemente finalizada. As novidades tinham dado um ar ainda mais luxuoso ao local onde germinavam as ideias de uma das marcas mais conhecidas do país. O ambiente tinha ganhado tons de marrom e vermelho que me davam a sensação de estar em um estúdio hollywoodiano, e a foto imensa em uma das paredes mostrava que o filme em questão podia ser um romance. Ou um drama.

À esquerda, uma mulher na casa dos sessenta anos, alta, gorda e negra de pele escura usava um vestido vermelho com um decote elegante; à direita, outra mulher um pouco mais nova e mais magra tinha um tom de pele mais escuro e posava com um vestido preto. As duas tinham cabelos crespos volumosos e expressões de puro poder. Os clientes às vezes falavam que elas se pareciam com Zezé Motta e Viola Davis, e eu nunca soube dizer se era apenas aquela ideia racista de que todos os negros são iguais ou se de fato havia traços semelhantes. Só sabia que eram *muito* bonitas e formavam um casal incrível. Ou pelo menos costumavam formar.

— Ficou linda a foto, né? — comentou Paulinha, se aproximando com sua cadeira de rodas.

— Incrível! Parecem estrelas — respondi.

— Pensei que você nunca mais fosse voltar ao Marcata pra ver o resultado da reforma! — ela me reprovou, jogando as tranças para trás num gesto indignado.

— A vida tá agitada, não consegui vir antes.

— Julieta, são as suas *mães*! Elas precisam do seu apoio, principalmente depois que…

— Eu sei, eu sei, mas olha, eu tô aqui agora! Nem almocei, vim correndo assim que recebi sua mensagem.

— Que mensagem? — ela franziu as sobrancelhas.

— Ué?! Recebi uma mensagem do número do Marcata, imaginei que tivesse sido você.

Nós duas nos encaramos, cheias de dúvidas. Paulinha trabalhava havia quase dez anos com as minhas mães, deixando tudo em ordem no Ateliê, e era sempre quem me contatava quando necessário. Quem mais poderia ter sido?

— Fui eu que mandei — soou uma voz ao meu lado.

Ele surgiu do outro lado do corredor com as mãos no bolso da calça social e um olhar que parecia percorrer toda a distância entre nós. Com a pele negra mais clara do que a minha, ele era magro, o nariz largo acompanhava lábios grossos, e o cabelo crespo era aparado nos lados, mas com uns quatro dedos de altura na frente. Sua presença fazia toda a atenção do espaço fluir para ele como veias em direção ao coração: inevitável, natural, obrigatória.

Leonardo, o motivo pelo qual eu não pisava ali havia meses.

— Hmm... Jut, acabei de me lembrar que ainda preciso fechar uns detalhes da São Paulo Fashion Week que a sua mãe pediu.

Paulinha colocou sua cadeira de rodas em movimento e evaporou do salão de entrada do jeito menos sutil possível. Estava óbvio que tinha sentido o clima pesar e inventado uma desculpa rápida para dar o fora.

Fiquei parada, encarando o homem que havia surgido com uma frase e nenhuma explicação.

— E então...? — Gesticulei para instigá-lo a falar.

Eu só queria resolver o que quer que fosse e ficar mais uns bons meses longe do Marcata.

— A gente pode conversar na minha sala? — Ele apontou para o corredor de onde veio, e eu refleti por uns segundos antes de segui-lo.

Enquanto caminhava pelo Ateliê, recebi aqueles olhares aos quais já estava acostumada. Eu sabia que não tinha a ver com o meu 1,62m, o meu peso ou os seios fartos e quadris largos que as modelos tradicionais *não* costumavam ter, porque a proposta do Marcata era precisamente trabalhar com pessoas *reais* e havia várias modelos gordas que trabalhavam para o Ateliê. Mas também sabia que o jeans surrado, a blusinha da Feira Hippie, a ecobag de bolinhas abarrotada de provas e a cara de cansaço de uma professora de história — que tinha acabado de enfrentar o sexto ano — não ornavam em nada com a imagem que se fazia da filha de duas das maiores estilistas do país. Ou *A herdeira*, como eles me chamavam pelas costas.

— Você tem meu número, por que mandou mensagem pelo Ateliê? — Cruzei os braços, me recusando a sentar na cadeira em frente à sua mesa, que ele gentilmente tinha afastado para mim.

Leo riu, pegou o controle do ar-condicionado e o desligou. Em seguida, abriu a parte de cima das duas grandes janelas de vidro da sala, e eu odiei o fato de ele se lembrar que o ar-condicionado fazia mal à minha rinite.

— Você me bloqueou — ele respondeu com um tom calmo e misterioso.

Era impossível ver o que havia por trás daquela frase: rancor? Diversão? Indiferença? Respirei fundo, encarando aquilo como um jogo: se eu confirmasse, ele ganhava; se eu dissesse que já havia desbloqueado, ele também ganhava. Decidi não falar nada.

— Você também não teria vindo, já que conversar comigo não é um dos seus programas preferidos. — Ele ergueu a sobrancelha, e eu fiquei com raiva.

— Leonardo...

Fechei os olhos enquanto preparava o melhor jeito de pedir para ele falar rápido o que queria para eu poder sair logo do domínio magnético que ele construía ao seu redor.

— Leo — ele corrigiu. — Todo mundo me chama assim, vai.

— Eu não sou todo mundo — respondi, jogando meu peso para a outra perna.

A bolsa cheia de provas estava pesando no meu ombro esquerdo, mas eu não queria ceder e me sentar na cadeira que ele tinha indicado. Não queria obedecer à sua ordem não verbal porque eu odiava regras. Especialmente as que vinham *dele*.

— Tinha esquecido o quão aquariana teimosa você é. — Ele soltou uma risada, e odiei o prazer que senti ao ouvir aquele som.

— Eu dei cinco aulas hoje, tenho um saco cheio de provas pra corrigir o mais rápido possível e evitar a ansiedade dos meus alunos pelas notas, não almocei porque me falaram que era uma *emergência* e descubro que você me chamou aqui pra falar de *horóscopo*?

— Não é sobre horóscopo, Jut. — Ele soltou mais uma risada, e amaldiçoei meu coração por ter dado um pulo quando Leonardo usou meu apelido daquele jeito tão natural, como se tivesse sido criado para sair de seus lábios grossos.

Eu precisava fugir dali.

— Você não almoçou? Podemos conversar num restaurante.

— Não. — Falei exatamente o contrário do que meu estômago implorava, o que ficou óbvio pelo ronco nada discreto que ele soltou.

— Eu sei o quanto você é teimosa. — Ele riu de novo, pegou seu telefone fixo e pediu ao seu secretário para trazer algo. — Já pedi seu almoço no Venga Vegan, sabia que você não iria aceitar sair daqui comigo. Mas preciso que se alimente pra nossa conversa.

Respirei fundo sem conseguir elaborar uma resposta. Eu estava com tanta fome e tão irritada com o peso no meu ombro... mas não podia ceder, principalmente depois de ouvir "nossa conversa". Eu só queria correr e deixá-lo falando sozinho.

De novo.

Devo ter esboçado uma expressão de pânico, porque Leo rapidamente captou o que eu estava prestes a fazer.

— Calma, não é uma conversa sobre nós. Aliás, já entendi que não existe mais "nós", Julieta.

Sua frase doeu, e eu nem soube dizer o porquê. Afinal, não era verdade?

— Qual é a emergência, Leonardo?

— Suas mães.

Quando estava prestes a pedir mais explicação, um rapaz bateu à porta e deixou uma bandeja na mesa, pedindo licença ao sair. Leo agradeceu. Soltei uma risada, sem acreditar; ele realmente tinha comprado o nhoque ao molho rosé do Venga Vegan, meu prato preferido. Como ainda lembrava? Suspirei, derrotada, deixando a sacola no sofá ao lado e me sentando no bendito lugar que ele tanto queria.

— O que tem as minhas mães?

— Elas não estão conseguindo lidar com a separação — ele respondeu, e eu soltei uma risada pelo nariz.

— Agora me conta uma novidade.

Marta e Catarina eram casadas havia trinta e seis anos e protagonizaram uma linda história de amor e cumplicidade tanto na vida profissional quanto íntima. Formaram uma família, criaram uma filha e construíram juntas uma carreira de moda com o Ateliê Marcata, conquistando o mundo com suas criações. No último mês, anunciaram para mim que estavam se separando, e foi um grande baque. De uma maneira geral, eu não acreditava muito nessa história de amor romântico, achava tudo uma grande conversa fiada do capitalismo para vender presentes. No entanto, se havia uma exceção, certamente eram as minhas mães.

Bastaram duas semanas para eu entender que elas ainda eram perdidamente apaixonadas uma pela outra e que, qualquer que fosse o motivo da separação, era pequeno demais diante da dor de estarem separadas. Mas, como toda boa história de almas gêmeas, a delas contava com grandes doses de orgulho. Esse sentimento, tão fundamental para alcançarem o renome que têm na vida profissional, em alguns momentos acabava dificultando o relacionamento. *Será que elas não conseguem ver que ainda se amam?*, eu me perguntei inúmeras vezes. E cheguei à conclusão de que o orgulho era uma lente embaçada demais para permitir que elas enxergassem a verdade.

— Olha, vou ser sincero, existem dois motivos para eu me preocupar com isso. O primeiro é insensível e pragmático demais e o segundo me faz parecer intrometido, mas é a vida. — Leo deu de ombros. — As duas são ícones da moda, responsáveis por uma revolução, e por isso se tornaram as queridinhas do ramo. Você conhece suas mães melhor do que ninguém: elas juntas têm tanto carisma que são capazes de fechar o negócio que quiserem. E por causa delas as pessoas fazem qualquer coisa por uma peça Marcata.

Concordei com a cabeça. Eu não me envolvia com moda, mas entendia o suficiente para reconhecer tudo que ele disse.

— Acontece que agora tudo desmoronou. Elas não fazem nem as reuniões de equipe em conjunto mais. Cada uma pede uma coisa diferente, e as pessoas estão desesperadas. Daqui a duas semanas temos um evento *importantíssimo* de lançamento da nova coleção e acho que é a chance de alçarmos voos internacionais, entende? E a produção simplesmente empacou.

Concordei outra vez e dei uma garfada no nhoque, recebendo um agradecimento contente do meu estômago.

— E o segundo motivo é que... é inegável que elas se amam, Jut. E estão sofrendo muito com tudo isso. Te chamei aqui porque precisamos fazer alguma coisa.

— Eu já tentei conversar com as duas, já falei que é a maior bobagem estarem longe enquanto é evidente o quanto são apaixonadas, mas uma fica jogando a responsabilidade pra outra! "A Catarina que venha falar comigo, então" ou "por que a Marta não me liga, se quer tanto voltar?". Parece um drama adolescente.

— E se a gente desse um empurrãozinho? — Leo fez uma expressão travessa que captou meu interesse na hora. — Se juntarmos as duas dando a entender que foi a outra que deu o primeiro passo?

Refleti por alguns segundos, deixando nossa história de lado, e um sorriso brotou em meu rosto quando me dei conta do quão brilhante era o plano de Leo. Eu precisava dar o braço a torcer.

— Pode ser uma boa jogada. Elas são tão teimosas que só assim...

— Você teve a quem puxar.

Me empertiguei na cadeira. Esse era o problema de me envolver em um plano como aquele. Estar com Leo faria com que o nosso passado... complicado voltasse com mais força. Ao mesmo tempo, a ideia era tão boa, e eu estava tão preocupada com as minhas mães, que não tinha como recusar.

— Olha só, se vamos fazer isso, seremos obrigados a passar um tempo juntos para bolar um plano. Isso não quer dizer que você tenha a liberdade de trazer à tona qualquer menção a... — eu me embolei, sem saber como continuar.

— *Nós* — ele completou e eu me odiei por ter construído a oportunidade para aquele diálogo quando tentava fazer justamente o oposto.

— Sim — respondi, firme.

Ele não gostou nada daquilo, óbvio. Tudo o que Leonardo mais queria no mundo era desembolar o novelo emaranhado do nosso término. Mas era o que eu menos desejava.

— Tá — concordou, a contragosto.

— Tá — repeti.

E naquele momento, diante do nosso acordo, me senti segura e acreditei de verdade que estava a salvo de lidar com aquele "nós" que um dia existiu.

— Nós podemos mudar o mundo! — falei para trinta e dois pares de olhos descrentes, que me encaravam com uma atenção preguiçosa. — Mas para isso precisamos de conhecimento. É fundamental entender como o mundo funciona e quais instrumentos nos são úteis. Há sempre mentes brilhantes por trás de grandes revoluções!

A maior parte continuou me encarando como se eu falasse grego. Eu sabia que era difícil fazer com que meus alunos entendessem que eram, sim, agentes históricos, que podiam sonhar, ousar e alterar a situação à sua volta, mas aquele oitavo ano em especial parecia ainda mais desacreditado. Era uma das minhas turmas preferidas. Eles eram interessados e curiosos, mas tinham uma imagem muito limitada do próprio futuro, o que me destruía.

A verdade era que a maioria foi criada para valorizar o trabalho braçal e não sonhar muito alto para evitar o tombo. Havia uma distância enorme entre o que eu falava e o que eles aprendiam: enquanto eu tentava fazer com que desejassem revolucionar o *mundo*, eles não consideravam possível mudar nem a *própria* realidade.

Fazia dois anos que eu estava formada e logo comecei a lecionar em uma escola pública da periferia de BH. Lembro de entrar na escola contente e cheia de expectativas. Bastou um mês para entender que não havia teoria suficiente que desse conta da sala de aula real. Foi uma tragédia descobrir que diploma e boa vontade não eram suficientes para o trabalho, e levei vários tapas na cara ao longo do primeiro ano. Usei o recesso escolar para reunir forças e voltar ainda mais decidida. Devia haver um jeito de ensiná-los a nadar contra a corrente. Certo?

Bem, não era o que os bocejos e as bochechas escoradas nas mãos me diziam. Principalmente não era o que a *troca de bilhetinhos* entre Luísa Gabrielle e João Antônio me dizia.

Ela sorria, tocando as tranças cor-de-rosa, e tentava ser discreta ao encará-lo. Ele lançava uma piscadinha cada vez que os olhares se encontravam. Estavam tão absortos que não perceberam quando me aproximei da mesa e estiquei a mão para que me entregassem os papéis. Os dois tomaram um susto e o momento se transformou em um show de tensão, do jeitinho que os não envolvidos do resto da sala gostavam de ver.

Não deu nem tempo de começar um sermão ou algo do tipo, já que o sinal do recreio soou alto e eu liberei os alunos. Joguei os bilhetinhos na minha mesa e cobri o rosto com as mãos. Eu me sentia um fracasso com a turma; por mais que tentasse convencê-los a se dedicar para tentar construir um futuro melhor, tudo o que conseguia era bancar a professora severa demais. E os meus discursos motivacionais eram tudo, menos o que se propunham a ser.

— Professora... — uma voz tímida apareceu na porta da sala quando todos já tinham saído, me obrigando a interromper aqueles pensamentos derrotistas. — Desculpa pelos bilhetinhos no meio da aula da senhora.

Ela tinha as mãos entrelaçadas e cada passo para se aproximar de mim parecia lhe custar altas doses de coragem.

— Luísa Gabrielle, você sabe muito bem que... — interrompi o discurso quando me dei conta de que não precisava tripudiar ainda mais, especialmente se queria desfazer minha imagem durona. — Olha, tudo bem. Mas, por favor, deixe os bilhetinhos pra hora do recreio, tá?

— Tá bom — ela concordou de imediato, surpresa com a minha mudança de tom.

Devolvi um sorriso, esperando que ela saísse para o lanche, mas Luísa Gabrielle permaneceu incólume e eu não soube decifrar sua expressão.

— Será que você pode me devolver os bilhetes? — ela pediu com muito esforço. Dava para ver que cada palavra exigia empenho e que temia a resposta. — É que... Ah, deixa.

A garota se virou para a porta, desistindo.

— É que o quê? — perguntei, e ela se voltou para mim, assustada.

Eu sabia que a menina estava medindo meu tom e reconhecendo que tinha alguma chance de recuperar os preciosos papéis.

Luísa Gabrielle não hesitou em me contar toda a sua história de amor *dramática* com João Antônio, e eu me esforcei *muito* para não rir da quantidade de exageros e reviravoltas. Ela estava séria e narrava cada capítulo do romance como se fosse a maior história de todos os tempos. Entre términos, paixões secretas, proibições dos pais, signos complementares e a certeza de que ninguém no mundo *inteiro* (palavras dela, não minhas) era capaz de entender o amor que sentiam um pelo outro, havia agora uma chance de enfim serem felizes para sempre, então ela queria guardar as declarações na sua gaveta de lembranças.

— Ele reparou no meu cabelo, professora! E colocou um coração em volta de "Gabi"! — foi seu argumento final.

Para ela, se aquilo não me convencesse, não havia mais nada que pudesse fazer.

— Tudo bem — respondi por fim.

Ela arregalou os olhos, chocada.

— Mas, olha, Luísa Gabrielle, vamos combinar que a partir de agora você vai se concentrar nas aulas. — Ergui a sobrancelha enquanto devolvia os papéis.

— Combinado! — Ela abriu um sorriso enorme e saiu pulando. Mas, antes de passar pela porta, se voltou mais uma vez.

— Ah, professora, só mais uma coisa! Ninguém me chama de Luísa Gabrielle, tipo assim, nem meus pais! É só Gabi.

Dei uma risada quando percebi a diferença da aluna que tinha entrado toda sem jeito para a que saía com um sorriso de orelha a orelha no rosto e os papéis na mão. Adolescentes eram excepcionais!

Fui à sala dos professores; ainda me restavam alguns minutos para tomar um café. Enquanto atravessava o corredor, pude ouvir uma conversa animada:

— Tipo, eu contei a história com o João e ela ouviu *tu-di-nho* e depois me devolveu os bilhetes *de boa*! Assim, eu sei que é impossível não ficar tocado com tudo que eu e o João passamos, né, amiga, mas eu nunca ia esperar isso logo da *professora Julieta*! Parece que ela não tem o coração de gelo como a gente achava!

Entrei na sala dos professores com a última frase de Luísa Gabrielle se repetindo na minha cabeça. A situação me fez lembrar de Leo, que sempre brincava me chamando de fria para me provocar. Ele ainda completava dizendo que era culpa da racionalidade do elemento água, que regia meu signo. Ou seria ar? Enfim, não importava, sabia que ele vivia falando do meu mapa astral e toda vez que alguém fazia qualquer menção à astrologia, eu automaticamente me lembrava dele. Tá, tudo bem, não era só quando falavam de signo que Leo voltava aos meus pensamentos. Ultimamente era o tempo inteiro.

Inferno de cérebro traidor.

Eu ainda tentava processar a tarde do dia anterior quando abri a porta do meu apartamento e me joguei no sofá. Fiquei meses me esquivando de qualquer contato com Leonardo e, de repente, passei quase duas horas em sua companhia. Mas toda vez que meus pensamentos censuravam a proximidade que seríamos obrigados a ter, eu me concentrava no verdadeiro objetivo de tudo: juntar minhas mães. Não era uma lavação de roupa suja nem um inquérito sobre o motivo do nosso término. Era uma pequena trégua para um bem maior, e depois cada um seguiria seu caminho. Ponto final.

Para evitar qualquer lapso da minha racionalidade — uma das minhas qualidades mais importantes —, levantei do sofá para começar meus afazeres: primeiro, fechar as cestas básicas, e depois corrigir as benditas provas em que não tinha conseguido nem tocar no dia anterior por causa da ida ao Marcata.

Olhei a quantidade de alimentos na mesa e não deixei o cansaço tomar conta do meu corpo; havia centenas de famílias em situações desesperadoras nos arredores da escola em que eu trabalhava e por isso criei uma ONG com um grupo de professores para arrecadarmos doações. Não importavam as minhas negativas, minhas mães insistiam em me enviar dinheiro para que eu pudesse "viver dignamente", como elas dizem, então nossa ONG podia contar pelo menos com essa verba generosa todo mês.

Liguei para Érica, professora de geografia da escola e minha melhor amiga, para me distrair enquanto separava os produtos de higiene pessoal. No meio de uma fofoca sobre a última reunião de professores, da qual tive que sair mais cedo, outra chamada entrou na tela.

— Érica, minha mãe tá me ligando. Já te retorno, segura essa bomba aí.

— Bomba? Você nem imagina o que aconteceu depois.

Contive minha curiosidade, me despedi e troquei a chamada.

— Oi, mamãe.

— Como assim você esteve aqui no Marcata ontem e não veio na minha sala? Você só tem uma mãe agora, é isso? — ela falou brava, e eu repensei se tinha sido uma boa ideia fugir de lá sem cumprimentar as duas.

Achei que se nenhuma delas soubesse, nenhuma desconfiaria do plano. Mas era óbvio que alguém dedurária que estive no Ateliê.

— Claro que não, mamãe! Não fui pra ver a mami.

— Não? — Ela se desarmou. — Então veio fazer o quê?

— Eu fui...

Meu cérebro vagou em busca de uma desculpa, mas nunca fui boa de improviso.

— Não mente pra mim, Julieta.

— Eu... estava com o Leo.

— Ah! — ela gritou, sem esconder a alegria. — Vocês finalmente voltaram?

Ai, Deus! O que eu estava fazendo? Se eu respondesse que sim, dona Catarina iria explodir de alegria por algo que não era verdade; mas se eu dissesse que não, ela iria me pressionar até o fim, e eu não tinha uma desculpa melhor para inventar.

— Aham... — falei, já me arrependendo.

— Que maravilha, Julieta! — ela comemorou, e eu fechei os olhos, tendo plena certeza de que minha mãe já iria começar os preparativos do casamento. — Você sabe que o Leonardo e a Paula são as únicas pessoas em quem eu confio o futuro do Ateliê, não é? Com essa notícia, eu não poderia ficar mais tranquila pra quando chegar a hora de passar o Marcata pra você!

— Mamãe, você sabe o que vai acontecer com o Ateliê quando ele cair nas minhas mãos — brinquei.

— Julieta Borges Vieira. Não me provoque.

Soltei uma risada com sua mudança de tom. Passei toda a minha adolescência rebelde dizendo que transformaria o Ateliê em uma grande ONG beneficente ou qualquer coisa que fosse capaz de fazer diferença no mundo, mal sabendo que ele já fazia, a seu jeito.

— Eu não construí um império pra você destruir tudo.

— Você e mami construíram — corrigi, e ela estalou a língua. — Eu não acredito que ainda estão nessa bobagem. Vocês claramente se amam.

— Por que você tá falando isso? A Marta disse alguma coisa? — ela soou interessada demais, e eu soube que o plano de Leo tinha grandes chances.

— Você gostaria que ela tivesse dito?

— Julieta, chega. Nós nos separamos, em breve vamos assinar o divórcio — mamãe recuou.

— Ok, não tá mais aqui quem falou. — Desisti de insistir, eu conhecia bem a mamãe, não adiantaria continuar.

— E no mais, como estão as coisas? — Ela relaxou ao perceber que eu tinha recuado.

— Bem, tô um pouco cansada só.

— Você poderia trabalhar muito menos e ganhar muito mais se... — Mamãe sempre encontrava um jeito de incluir esse papo, e eu não poderia estar mais exausta.

— Mamãe, não vamos repetir a mesma conversa de sempre, tá?

— Eu só quero o melhor pra você!

— Tenho certeza disso. Acontece que o melhor pra mim é dar aula de história. É o que me faz feliz.

— Mas não paga suas contas!

— Paga, sim.

— Isso é um absurdo, um absurdo... — ela resmungou. — Pensei que você fosse deixar de ser tão do contra depois que saísse da adolescência, mas parece que fica pior a cada dia que passa!

— Eu também te amo, tá? Mas agora preciso terminar de organizar as coisas aqui e ainda tenho que corrigir um pacote enorme de provas, antes que meus alunos me matem.

Ela bufou como se desistisse de mim.

— Eu te amo, filha.

Balancei a cabeça, rindo daquela conversa. Algumas coisas jamais mudariam.

Retornei para Érica assim que mamãe desligou e ficamos papeando até o final da tarde, quando resolvi dar uma folga para as minhas costas e passar algum tempo sentada: era hora de enfim encarar as avaliações do sexto ano. A tarefa exigia muito cuidado porque eu desejava mapear as dificuldades dos alunos. As turmas que tinham chegado esse ano pareciam ter ainda mais defasagens, e eu precisaria trabalhar muito para fazer alguma diferença na vida escolar deles.

Mas quando fui em direção à mesinha de centro onde deixava minhas coisas, me dei conta de que as provas não estavam ali. Revirei a casa duas vezes e estava pronta para revirar mais uma vez quando tive um flash de memória: o momento exato em que tirei a bolsa do ombro e coloquei no sofá da sala de Leo para almoçar. Não era possível.

Refiz meus passos do dia anterior, quando cheguei do Marcata, me apegando à ideia de que tinha, sim, trazido comigo, mas não tinha jeito, o último momento em que estive com a ecobag de bolinhas foi no escritório do Leo.

— Merda! — resmunguei quando me dei conta de que àquela hora o Ateliê já estaria fechado.

Não bastasse ter deixado as provas do outro lado da cidade e percebido tarde demais, ainda por cima era sexta-feira, o que arruinava meus planos de passar o fim de semana corrigindo as provas.

"Oi, Leonardo, boa noite, você lembra se eu deixei uma bolsa no seu sofá ontem?"

Leo costumava ser rápido para responder mensagens, mas, vinte minutos depois, ele ainda não tinha visualizado. Voltei a me concentrar nas cestas. Ainda restava muito o que fazer. Fui obrigada a colocar uma playlist de forró para manter minha animação no nível que eu precisava; eu provavelmente teria que passar a noite acordada para dar conta de tudo.

    Estava me revezando entre organizar os alimentos e olhar o macarrão no fogo quando o interfone tocou. Me perguntei quem poderia ser a essa hora e logo pensei em mami. Ela adorava aparecer de surpresa.

    — Pois não?

    — É o Leo.

    — Leo?

    — Vim trazer a bolsa que você deixou na minha sala ontem.

    Abri o portão e meu coração disparou. Corri até o banheiro para dar uma olhada no espelho: eu estava 100% com cara de sexta-feira à noite em casa: blusão largo, calcinha rasgada e cabelo bagunçado, mas não tinha tempo para resolver tudo; Leo logo subiria os dois lances de escada até o meu andar. O máximo que pude fazer foi colocar um short e ajeitar o coque abacaxi que segurava meus crespos, e então a campainha tocou.

    — Oi — falei assim que abri a porta.

    — Desculpa vir sem avisar, eu só encontrei sua bolsa hoje no fim do expediente e corri para tentar não pegar muito trânsito. Não deu totalmente certo, obviamente. Você sabe que não pode cair uma gota de chuva que BH para, né, mas podia ser pior — ele falou rápido demais, parecendo nervoso.

    — Choveu? — Me virei para olhar a janela.

    — Lá tava começando, deve chegar aqui em breve.

    — Hmm. Te mandei uma mensagem há uns vinte minutos, só dei falta das provas agora, quando decidi começar a correção.

    — Ah, já tava no caminho pra cá.

    — Entendi.

Nossa conversa não podia estar mais mecânica e sem graça. Havia um desconforto inquebrável entre nós, principalmente porque, assim como eu, Leo devia estar se lembrando do que aconteceu na última vez em que esteve em minha casa.

Mas o que eu deveria fazer? Pegar as provas, agradecer e dar tchau? Convidá-lo para entrar? A única coisa que eu sabia é que continuarmos nos encarando naquele silêncio perpassado pelas letras de forró ao fundo era perturbador. Uma lembrança súbita resolveu o problema.

— Ah, meu macarrão! — gritei, correndo para a cozinha.

Desliguei o fogo e belisquei o espaguete. Estava mais mole do que deveria, mas mataria a minha fome. Deixei no escorredor dentro da pia e voltei para a sala.

— O que é isso? — Leo estava surpreso com a quantidade de caixas e alimentos na mesa.

— Nós temos uma ONG na escola pra ajudar algumas famílias, daí montamos algumas cestas básicas. Arrumamos uma salinha emprestada pra isso, mas a última chuva alagou tudo e eu tive que trazer pra cá.

— Quer ajuda? — ele ofereceu de um jeito tão gentil que me tocou.

Eu sabia o que deveria dizer, sabia que só deveria interagir com ele no que fosse necessário para o plano, pelo bem de nós dois, mas também sabia que precisava dormir algumas horas naquela noite ou meu sábado seria um inferno.

— Quero — falei, antes que me arrependesse.

Ele sorriu para mim, e eu não consegui deixar de corresponder.

Leo pegou o jeito rapidinho e, depois de jantarmos meu macarrão empapado ao alho e óleo, conseguimos fechar várias cestas. A chuva realmente chegou e, de algum modo, eu estava feliz por ela embalar o momento. Comecei a falar sobre a ligação da mamãe, e automaticamente Leo e eu nos transformamos em duas vizinhas fofoqueiras comentando da vida dos outros.

— Então a Catarina perguntou se a Martinha tinha dito alguma coisa? — ele queria saber, interessado.

— Dá para acreditar?

— Acho que temos uma brecha aí. A Martinha é mais aberta, né? Talvez nosso plano possa começar por ela.

— Sim! Ela é um pouco menos orgulhosa que a mamãe, vai ser mais crível se eu falar que foi ela quem deu o primeiro passo pra reconciliação.

— Bom, você já sabe que tem uma abertura aí com a Catarina, agora falta sondar a Martinha e saber em que pé ela tá. Primeiro você solta "sem querer" alguma coisa, depois eu tento deixar uns bilhetinhos na sala delas…

— Você não brinca em serviço. — Encarei-o, impressionada.

— Eu preciso que a ordem volte a reinar no Marcata — disse Leo com uma expressão sonhadora, me fazendo imaginar o caos no Ateliê. — Pronto, essa última cesta aqui já tá fechada.

— Eu nem sei como começar a te agradecer.

Ele respondeu ao meu alívio com um sorrisinho debochado.

— O que foi?

— Tô aqui pensando no quão desesperada você devia estar pra ter aceitado a *minha* ajuda.

— Ou eu aceitava ou não dormia essa noite.

Ele tomou fôlego para fazer algum comentário, mas desistiu. E eu ri, sabendo exatamente o que ele estava pronto para dizer.

— Fala, mesmo que eu já saiba o que é.

— Sabe qual é o símbolo do seu signo?

Franzi as sobrancelhas sem entender a mudança de assunto. Pensei que ele fosse reclamar que eu me envolvo em coisas demais. Eu sabia o quanto Leo conhecia de astrologia porque o pai dele era expert no assunto, mas o que o símbolo do meu signo tinha a ver com a conversa? Sem entender, fiz que não.

— O aguadeiro. Ele tá sempre derramando o líquido de uma jarra. Na mitologia grega, em uma versão de sua história, ele foi um jovem selecionado por Zeus pra manter as taças dos deuses cheias de bebida divina, símbolo da vitalidade e do conhecimento. Sempre que o vejo, penso que não existe nada mais parecido com você. — Leo ergueu os olhos da cesta fechada e me encarou. — Seu objetivo é revolucionar o mundo inteiro, derramando conhecimento e vida por onde passa. Não à toa você escolheu ser professora e, desde que te conheço, tá envolvida em causas beneficentes. Mas quando é que vai encher a sua taça também, Julieta?

Encarei-o cheia de dúvidas. Do que ele estava falando?

— Você seria capaz de atravessar a cidade debaixo de chuva pra buscar as provas e poder passar a noite corrigindo todas para devolvê-las logo aos seus alunos, isso sem contar as horas intermináveis que passaria anotando as dificuldades de cada um. Você estava determinada a virar a noite fazendo isso e aposto que ia emendar o dia organizando as cestas básicas. Onde vai parar desse jeito? Você cuida de tanta gente, quando vai cuidar de si mesma?

— Ah, aí está o sermão que eu sabia que viria. — Revirei os olhos tentando levar a conversa no humor, mas ele não se deixou enganar.

— Você adora aprender receitas veganas, mas quando foi que aprendeu uma nova? Lembra daquela lasanha de berinjela que fez na praia?

— Eu vou te matar — rebati, deixando escapar uma risada ao lembrar do fiasco.

— Mas falando sério, você já fez receitas muito boas porque se diverte com isso, mas hoje fez um macarrão preguiçoso que passou tempo demais no fogo.

— Obrigada pela parte que me toca.

— Você adora dançar — ele continuou, sério, e apontou para a caixinha de música que ainda tocava a playlist de forró. — Mas qual foi a última vez que dançou? É uma pergunta honesta, já que a gente não se fala há meses.

Dei de ombros, me sentindo sem escapatória.

Leo colocou a última caixa na pilha e estendeu a mão direita para mim. Seu olhar era convidativo e os lábios esboçavam um sorriso. Olhei o braço dele à minha frente, a pele negra clara que tantas vezes criou um contraste lindo junto ao meu tom mais escuro. Inspirei fundo aquele perfume que eu às vezes tinha a impressão de sentir mesmo sem estarmos juntos. Fechei os olhos por um momento e, quase que como um convite do próprio universo, "Xote das meninas" começou a tocar. Meu cérebro trouxe a memória da última vez que dançamos aquela música no meu apartamento.

Na ocasião, tínhamos tomado duas ou três taças de vinho em comemoração ao último desfile que ele tinha organizado e ao meu projeto para engajar toda a comunidade escolar. Estávamos felizes com nossa vida profissional e, principalmente, com a pessoal.

Ele tinha me puxado pra dançar uma música antes, mas foi quando começou "Xote das meninas" que nos transformamos em duas crianças empolgadas e saímos rodopiando como dava na minha pequena sala misturada com cozinha. Leo me segurava de um jeito que só ele sabia, e vez ou outra sua mão descia mais que o necessário, o que me fazia fingir estar ofendida para em seguida devolver a provocação com uma mordida no pescoço. Aquilo o excitava dos pés à cabeça e sempre foi minha grande arma. Na terceira vez que essa sequência se repetiu, Leo me beijou com urgência, tirou minha blusa, desabotoou meu sutiã e o jogou num canto. A roupa jogada acabou no aparador, derrubando uma taça de vinho, sujando o chão e um pouco do sofá — e eu passaria semanas tentando limpar sem sucesso.

Na hora, o acidente só trouxe risadas e fomos parar no tapete da sala, ainda tomados pelo êxtase que causávamos um no outro. Tirei sua roupa e me senti no paraíso ao encarar seu corpo.

"Você é maravilhosa", ele se aproximou e sussurrou em meu ouvido enquanto suas mãos percorriam cada parte de mim. "Eu te amo, Julieta."

Sorri com as palavras e quis do fundo do meu coração dizer o mesmo, mas não consegui. Esperava que meu sorriso deixasse óbvio o quanto o amava, que a alegria que eu sentia toda vez que nossos olhos se cruzavam valesse como um sinal dos meus sentimentos. Torcia para que o prazer que ele me proporcionava no tapete ou na cama fossem provas suficientes das palavras entaladas na minha garganta.

Abri os olhos, me obrigando a tirar aquela cena da cabeça e voltando para o presente. A mão de Leo continuava esticada e a música chegava no refrão que, da última vez, causara o acidente.

Ela só quer, só pensa em namorar.

— Acho que é melhor você ir. — E completei a frase na minha mente: "antes que eu faça algo de que me arrependa."

As palavras atingiram Leo em cheio. Sua boca se abriu levemente em choque e descrença, e seus olhos foram parar na própria mão, que ele recolheu.

— Porra, Julieta... — Leo praguejou baixinho, mas consegui ouvir.

Quando ele pegou seu casaco e foi em direção à porta, me dei conta da besteira que tinha feito. Leo havia atravessado a cidade para trazer as provas, oferecido ajuda e, na primeira oportunidade, eu o mandava embora sem qualquer explicação? Que tipo de monstro eu era? Não à toa meus alunos me achavam insensível.

— Desculpa, desculpa, desculpa! Fui muito sem noção.

Corri até a porta e parei na frente dela, impedindo que ele a abrisse. Leo respirou fundo e fechou os olhos, mas não disse nada.

— Não, é sério! Você foi incrível comigo e só te devolvi pedrada. Como sempre.

— Como sempre — ele concordou, me fazendo sentir uma pontada no coração.

Suas palavras me levaram diretamente ao nosso término, meses antes. Lidar bem com sentimentos nunca foi minha especialidade, então escolhi o caminho que achava que o machucaria menos: terminei com ele. Só que acabei deixando tudo ainda pior.

— Pode me deixar passar? — Leo perguntou, indicando a porta.

— Tá caindo o mundo lá fora, eu vou ficar preocupada se você atravessar a cidade nessas condições.

— Não sabia que as minhas condições eram uma preocupação pra você.

— Ainda estamos falando sobre hoje?

— Existe outra opção? Você proibiu conversas sobre o nosso passado.

Fechei os olhos, sem saber como responder. O potencial dramático era imenso e eu não tinha a menor capacidade de lidar com aquilo. Sempre foi o que quis evitar, para começo de conversa.

— Por favor, não vamos pra esse lado.

Leo soltou uma risada irônica, cruzando os braços.

— Você é inacreditável, Julieta.

— Me desculpa, eu fui insensível quando você estava apenas tentando me ajudar. Minha cabeça tá uma confusão e você tava certo, há meses vivo nesse ritmo frenético de escola e ONG e ainda não tinha sido colocada contra a parede desse jeito. Você sabe o quanto é importante pra mim tentar transformar pelo menos um pouquinho a vida dos meus alunos, e eu pensava que a satisfação de ver os resultados fosse suficiente. Achei que não precisasse de mais nada, que pudesse viver em função dos outros. Que a felicidade dos outros fosse a fonte da minha felicidade.

Parei de falar por um segundo, tentando em vão ler o rosto de Leo.

— Ai, acabei fazendo um drama agora. Desculpa, não foi essa a intenção. Você sabe o quanto tenho pavor de viver roteiros de novelas mexicanas. Enfim, a questão é: reconheço que tem razão quando diz que me sobrecarrego demais e, se você ficar aqui em vez de sair nesse temporal, prometo seguir suas instruções estritamente, faço o que você achar que devo.

Ele soltou uma risadinha e eu relaxei os ombros por ver que meu falatório tinha conseguido melhorar o clima.

— Faço o brigadeiro vegano que você gosta — tentei minha última cartada.

— Tá tentando me comprar com comida só por causa do meu ascendente em touro, é? — Leo perguntou, colocando as mãos na cintura.

— Não faço a menor ideia do que isso quer dizer — fui honesta.

— Pra mim chega. — Ele fingiu decepção com um suspiro exagerado enquanto tentava avançar para abrir a porta.

Leo levou a mão à maçaneta, encostando o braço em minha cintura e parando o rosto a poucos centímetros do meu. Ele perdeu o ar zombeteiro com a nossa proximidade e meu sorriso se desmanchou com o acelerar do meu coração. Observei seus lábios grossos se abrirem um pouco e desejei aproximar os meus. Foi um pensamento involuntário, que censurei logo em seguida, mas fiquei impactada só de cogitar.

Tudo bem, você passou tempo demais beijando essa boca, foi apenas força do hábito, Julieta. Nada de mais.

Mas então por que eu precisava ativamente desviar meus pensamentos antes que fizesse alguma besteira? Para completar, o olhar de Leo, que também estava na minha boca, não me ajudava em nada. Eu queria me aproximar mais, sentir melhor aquele cheiro de outro mundo, beijar seu pescoço e oferecer o meu, tirar a roupa e saciar nossa sede ali mesmo no tapete outra vez. Eu queria. Precisava.

Mas não podia fazer isso com ele.

Fechei os olhos e me afastei de lado, recuperando uma distância segura entre nós.

— Brigadeiro, então! — exclamei com a voz ainda embargada pelo desejo.

— Hmm... sim, é... quando a chuva passar, então eu... eu vou pra casa. — Leo passou a mão pela nuca e evitou contato visual. Ele também parecia se esforçar para recuperar o controle.

— Ok.

— Precisa de alguma ajuda?

— Não, tá tranquilo. — Forcei um sorriso, tentando restabelecer o clima amigável.

Leo se sentou no sofá enquanto eu preparava a sobremesa. O apartamento era bem pequeno e, pela bancada da cozinha, podíamos continuar conversando. O problema era: falar sobre o quê, quando nossas mentes pareciam querer focar apenas em *fazer*? Servi duas taças de um vinho que ele tinha me dado meses antes.

— Só não vai fazer isso aqui de novo — comentei, apontando para a mancha no sofá.

— Uau, é daquele dia que eu... — ele começou a perguntar, olhando para o tapete.

— Nunca consegui tirar a mancha — interrompi, fingindo estar brava, antes que ele terminasse a frase.

— É, eu sou bom em deixar marcas. — Leo passou a mão pelo cabelo.

— Mais do que o necessário — deixei escapar e me arrependi, voltando minha atenção para a panela.

Eu conhecia o tom de piada que Leo tinha usado; era o seu jeito de deixar o clima mais leve. Mas a minha frase estragou todo o seu trabalho.

— Quer dizer, tô há meses tentando limpar isso, chegou uma hora em que só desisti.

— Por que você desistiu?

Encarei Leo quando me dei conta do que a pergunta sugeria. Aparentemente hoje era o dia de conversar nas entrelinhas.

— Acabou se mostrando uma tarefa difícil demais — respondi, sustentando seu olhar.

Parecia mesmo que eu ia me arrepender de cada frase que dissesse.

— Por que você começou a tentar, para começo de conversa?

Engoli em seco. Aquela era a pergunta de um milhão de reais.

— Eu recebo visitas, ora! Preciso de um sofá apresentável — falei, na intenção de acabar com aquele diálogo de duplo sentido.

— Então você tem recebido visitas... — Leo desviou o olhar, envergonhado. — Desculpa, fui longe demais, não é da minha con...

— Só as minhas mães e as minhas amigas vêm aqui.

Mesmo sabendo que realmente não era da conta dele, eu *queria* dar satisfação, o que fugia completamente da personagem durona que eu queria transmitir.

— E os entregadores do supermercado — completei, apontando para as cestas básicas.

— Hmm... — ele murmurou, encarando o chão, desistindo de seguir a conversa torta.

— Que tal você escolher um filme pra gente assistir comendo brigadeiro?

Aquela era uma ótima estratégia. Teríamos que prestar atenção nas cenas em vez de trocar indiretas. A chuva caía na mesma intensidade, sem dar qualquer esperança de recuar nas próximas horas. Ou eu encontrava uma forma de tornar o momento sustentável ou tudo poderia sair do controle.

Depois do filme, que cumpriu muito bem sua missão, a chuva deu uma trégua, mas a internet anunciava a situação alarmante das principais avenidas por onde Leo tinha que passar para ir embora.

— Olha a situação da avenida Vilarinho!

Mami tinha me enviado um vídeo e uma mensagem enfática para não colocar o pé fora de casa. Já mamãe não só mandou mais vídeos como também áudios escandalosos dizendo que estava na hora de voltar a morar com elas (sim, ela se referiu às duas como um casal, não deixei passar o ato falho).

— Meu Deus! — Leo levou a mão à boca.

— Na zona sul a coisa não fica séria nesse nível, né? — comentei.

— Não tem um caminho que possa desviar?

— Não vale o risco. Em toda reunião que a gente faz com o pessoal do bairro dão as mesmas orientações: quando chover, se protejam e fiquem em casa porque sempre tem tragédia aqui em Venda Nova. Todo prefeito promete melhorar. Mas entra mandato, sai mandato, e as coisas seguem na mesma por aqui.

— Que horror...

— Acho que é melhor você ficar até amanhã — falei, cheia de dedos, estudando sua reação.

— Tá bem — ele concordou, desviando o olhar.

— Você quer tomar um banho? Eu *acho* que ficaram umas roupas suas aqui... — sugeri, um pouco desconsertada.

Era muito estranho mencionar um passado tão íntimo de forma tão casual.

— Seria ótimo!

— Tem toalha no banheiro. Pode ir que eu vou arrumar as coisas aqui pra você. — Apontei para o sofá e percebi o leve pânico que passou pelo rosto de Leo antes que ele pudesse disfarçar.

Meu sofá era ótimo para ver TV e conversar. Mas os espaços entre as almofadas eram capazes de destruir a coluna de alguém. Descobrimos esse fato da pior forma possível: quando Leo e eu fomos maratonar uma série e caímos no sono.

Quando ele entrou no chuveiro, me joguei no sofá e testei todas as posições possíveis, tentando me convencer de que não era tão ruim assim, e que Leo sobreviveria. Mas só me vinha à cabeça a imagem da cartela de comprimidos que tivemos que tomar no dia seguinte. Que saco! Minha consciência era meu pior inimigo. Se Luísa Gabrielle me visse agora, jamais ousaria cogitar que eu tivesse um coração de gelo.

Foi estranho arrumar os dois lugares da cama, algo que não fazia havia meses. Mais estranho ainda ter que colocar aquele pijama de renda azul marinho que eu tinha ganhado no Natal passado e jamais vestido. Leo sabia que em casa eu só ficava de calcinha e blusa velha, principalmente para dormir.

— Nem sei o que dizer, minha coluna agradece. Passei o banho pensando se o chão não seria melhor — comentou ele, afofando o travesseiro.

Rimos juntos, e eu revirei os olhos com o drama.

— Pijama novo? — Ele ergueu a sobrancelha, admirado.

— Ganhei num amigo-oculto, tô tentando entrar nessa moda — menti.

— Não sabia que você entrava em modas. Achava que as "regras" te sufocavam. — Ele fez aspas com os dedos, o tom carregado de ironia.

Quando estávamos juntos, nosso hobby era discutir o que era moda; ele defendia com unhas e dentes que era forma de arte e expressão, e eu a apedrejava dizendo que eram apenas umas regras bestas para vender roupas.

— Mais uma gracinha e eu cancelo a cama pra você.

Ele pulou para ocupar seu lado antes que eu pudesse falar qualquer coisa mais, e meu coração disparou. Aquela visão tinha se tornado uma rotina nos quase dois anos em que estivemos juntos. Já que Leo tinha carro e trabalhava um pouco mais tarde, era sempre ele que vinha dormir na minha casa para ficarmos juntos. Como era possível algo tão habitual ter se tornado tão esquisito?

— Boa noite, Leonardo — falei, apagando a luz e me deitando na cama.

Será que dava para perceber o nervosismo na minha voz?

— Boa noite, Julieta. Obrigado pela preocupação e por ter… — a voz de Leo falhou e ele precisou pigarrear para terminar a frase — … me convidado pra ficar.

O incômodo com a situação estava óbvio, principalmente pelo nosso tom mais formal.

— É… imagina. Eu também quero te agradecer por ter me ajudado hoje com as cestas.

— Não foi nada.

Um silêncio pairou, e eu não sabia se deveria repetir "boa noite", se trazia outro assunto à tona ou se simplesmente virava para o lado e dormia (ou fingia, já que naquelas condições seria impossível cair no sono). No meio daqueles pensamentos, sem querer encostei minha perna na dele e recuei mais do que depressa, envergonhada.

— Boa noite — decidi repetir e virar para o lado, evitando mais toques acidentais.

Quando o interfone tocou no dia seguinte, eu não sabia que dia era, onde estava, nem o meu nome. Não lembrava a última vez que tinha dormido sem um alarme programado, o que me fez custar a acordar. No momento em que caí em mim, fiquei atordoada; eu estava no meio da cama, encostada em Leo e com a mão em seu peito. Para completar, nossas pernas estavam entrelaçadas, e eu não sabia como sair daquela posição sem acordá-lo. Se ao menos Leo não visse aquela cena, eu ficaria com menos vergonha.

— Eu me ofereceria para atender, se você me liberasse — ele disse quando percebeu que eu estava acordada.

Seu tom de voz não era o de quem tinha acabado de despertar. Quanto tempo Leo tinha me deixado passar aquela vergonha?

— Nossa, desculpa — falei enquanto me desvencilhava dele.

Pulei da cama o mais rápido possível para atender o interfone.

— Pois não?

— Oi, filha, sou eu!

Meu coração parou. Mami era mestra em aparecer de surpresa, o que eu adorava, mas não naquele dia em específico. Voltei para o quarto correndo.

— É o seguinte: minha mãe está subindo. Você precisa ficar bem quieto enquanto eu tento distraí-la. Vai ser impossível simplesmente mandá-la embora, então vou propor que a gente coma alguma coisa fora pra você poder sair. Tem uma chave extra na gaveta do telefone, é um chaveiro azul com...

Parei de descrever quando lembrei que Leo não só o conhecia muito bem, como já tinha sido o dono do chaveiro, afinal era o mesmo que ele havia me devolvido no término.

— Ok! — Leo respondeu com um estado de espírito tranquilo, bem diferente do meu.

Corri para abrir a porta quando mami tocou a campainha e encenei meu melhor sorriso.

— Oi, meu amor! — Ela me abraçou. — Eu fiquei tão preocupada ontem com aquela chuva!

— Oi, mami! — Beijei sua bochecha, feliz por sentir aquele cheirinho de mãe mesmo que no momento errado.

— Vamos almoçar juntas? Eu trouxe os ingredientes pra fazer aquela lasanha de berinjela que você ama!

— Ah, que maravilha — tentei disfarçar o pânico na voz. — Mas será que a gente pode dar só uma passadinha na padaria pra eu tomar um café? Aqui não tem muita coisa e…

— Não precisa! Passei naquela lanchonete que você ama e olha o que eu trouxe! — Mami me entregou um pacote cheio dos melhores cookies do mundo, e eu fiquei sem reação.

— Você faz *tudo* mesmo, né, mami?

Um elogio? Uma reclamação? Não saberia dizer.

— Você é o meu bebê, não importa o que digam! Sinto tanto a sua falta, Jut! Tem várias escolas lá perto de casa, eu tenho alguns amigos na área da educação, posso conseguir uma vaga boa pra você.

— Fala a verdade: você não tá sentindo a minha falta em especial, só a de ter companhia em casa desde que se separou.

— Que absurdo! Claro que não! A separação foi… o melhor mesmo. — Ela vacilou com as palavras e desviou o olhar para a sala.

— Mami, eu acho que vocês duas…

— Você e o Leo voltaram?! — Mami me interrompeu, voltando o rosto pra mim com um sorriso enorme.

De onde ela tinha tirado aquilo? Será que Leo tinha saído do quarto? Bem, eu não tinha ouvido nada e a porta do meu quarto continuava fechada. Então, como? Lembrei da ligação com a minha outra mãe no dia anterior, quando fui obrigada a entrar na mentira.

— Ah — arfei, derrotada. — A mamãe te contou?

— É o quê? Você contou pra *sua mãe* e não me disse *nada*? — Ela se afastou, revoltada.

— Não foi assim, é que… Calma, se não foi ela, de onde você tirou isso?

— É o paletó que ele usou ontem. — Mami apontou para a peça no sofá, e eu me arrependi de ter me entregado à toa.

— Tá, nós voltamos, e eu ia te contar, só que...

Ela foi até as taças de vinho que deixei na pia e fez uma cara insinuante.

— Você tava ocupada demais comemorando! Agora entendi por que demorou a atender a porta. — Mami continuou a me envergonhar com um tom zombeteiro.

— Mami, você não tem limites? — perguntei, levando a mão ao rosto.

— Ele tá dormindo ainda? — ela cochichou, sem dar bola para minha censura. — Você quer remarcar nosso almoço? Não quero atrapalhar o casal.

— É, talvez seja melhor...

— Ou podemos comemorar com um almoço em família! Ah, filha, você sabe o quanto eu amo o Leo. — Ela foi até o quarto e bateu na porta antes que eu pudesse impedir. — Leo! Leo, você já acordou?

— Oi, Martinha, bom dia! — Leo abriu a porta na mesma hora.

— Ai, Leo querido, bom dia! Estava falando com a Jut sobre como estou feliz com essa notícia maravilhosa! Não imagina o quanto é bom saber que vocês voltaram a namorar.

Leo arregalou os olhos e me encarou, demandando uma explicação.

— Ela viu seu paletó e acabou descobrindo — tentei explicar.

— E você nem pra me contar! Francamente! — Ela fingiu estar brava, e Leo riu de nervoso.

— Sabe como é, né, Martinha? Sua filha adora esconder detalhes importantes como esse — Leo respondeu a ela, mas com os olhos em mim.

— Uma ingrata! — Ela deu um tapinha em meu ombro. — Mas agora que sei, sugeri um almoço em família para comemorarmos!

— Pena que não vai dar, né? — interrompi, me virando para Leo para ter certeza de que ele tinha entendido o recado. — O aniversário do tio dele vai começar daqui a pouco e ele precisa ir, mami.

— Poxa, uma pena mesmo...

— Você não vai acreditar, Jut! Meu tio não passou muito bem essa noite e minha mãe me mandou mensagem agorinha remarcando a comemoração. Ele tá fazendo 94 anos, sabe como é, a gente tem que ter cuidado... — Leo fez a expressão mais travessa possível, e eu quis voar em seu pescoço. Ele estava achando graça da situação!

— Que maravilha! — Mami comemorou batendo palmas, pegando a sacola de compras e indo em direção à bancada. — Vou começar a preparar as coisas então!

Olhei para Leo com a expressão mais assassina que já tinha feito na vida.

— Eu vou te matar — murmurei.

Ele se aproximou do meu ouvido, como se fosse me dar um beijo na bochecha, e respondeu também em voz baixa:

— Você inventa toda uma história e eu não posso nem me divertir?

E então seguiu para o banheiro.

Inspirei fundo ao perceber que aquele dia seria longo.

— Mami, por que você não chama a mamãe pra vir almoçar também?

É como dizem: tá no inferno, abraça o capeta. Se aquela palhaçada ia realmente acontecer, que servisse para alguma coisa.

— Julieta... — Mami fez uma expressão condescendente, pronta para explicar a uma criança de cinco anos o que acontece quando as mamães decidem ser apenas amigas.

— Eu sei que vocês se separaram! Mas isso significa que não somos mais uma família? Poxa, eu achei que você tivesse ficado feliz com a novidade e quisesse comemorar!

Eu ia para o inferno.

— Não é isso! — respondeu mami, sem jeito.

— Ela mesma me disse que sentia falta dos nossos encontros em família.

— A Catarina disse isso? — Mami cruzou os braços, descrente.

Leo repreendeu minha invenção com o olhar debochado. Ok, eu tinha forçado um pouquinho.

— Você conhece a mamãe, ela não disse com *todas* as letras, mas eu sei que sim.

— Olha, Julieta, você faz o que você quiser, a casa é sua, afinal. — Ela deu de ombros, e eu soube que havia uma brecha ali.

Peguei meu celular antes que ela mudasse de ideia e escrevi para mamãe: "Mami vai fazer lasanha pra comemorar que eu e Leo voltamos, você pode vir?"

Dois minutos depois, mamãe confirmou presença. O bom de ter mães orgulhosas é saber onde dói. Bastou falar que era uma comemoração oficial, envolver o nome do Leo, mencionar que mami estaria presente e pronto: Catarina não perderia por nada.

Quando mamãe chegou, mami se enrijeceu e, no primeiro momento, o clima ficou pesado. Me perguntei se a ideia tinha sido boa, talvez devesse ter começado com uma reaproximação mais suave. Mas Leo soube exatamente o que fazer.

— Vocês lembram quando Julieta cismou de preparar essa lasanha na nossa viagem pra praia?

Era o pacote completo que as duas precisavam: alguém para zoar a filha e trazer memórias de uma época boa ao mesmo tempo.

— Misericórdia! — mami gritou, deixando uma risada escapar.

— Aquilo ficou horrível, a cozinha quase pegou fogo e nós tivemos que inventar um macarrão às pressas! — Mamãe entrou no clima e encarou mami com um sorriso, como se quisesse confirmar a história.

— Aquele tanto de fumaça e nós duas, mortas de fome, tentando resolver a bagunça da Jut! — mami confirmou, achando ainda mais graça e apoiando a mão no ombro de mamãe.

Encarei Leo e sorri em agradecimento, aquele clima era tudo de que precisávamos.

— E no dia você ainda teve a *coragem* de falar pra Julieta que não tinha ficado tão ruim assim! — Mamãe riu mais ainda.

— Tadinha, ela ficou tão chateada — disse mami, me encarando com as mãos cruzadas no peito com uma mistura de pena e afeto.

— Você sempre mimando a Julieta… — comentou mamãe, balançando a cabeça.

— Como assim? — O tom de mami ficou mais sério e sua postura se endureceu.

— Não se faça de desentendida, Marta. Você adora estragar essa menina, enquanto *eu* tenho que fazer o papel da mãe durona. — Mamãe disse apontando o dedo.

— Estragar? Não posso fazer nada se a minha pedagogia passa pelo afeto e não pelo punitivismo.

— Agora você vai dizer que eu não amo minha filha?

Ah, não. Eu tinha que contornar a situação o mais rápido possível.

— Ei, ei! Querem saber? Eu fui mimada pelas duas, a verdade é essa. — Coloquei a mão na cintura e as encarei. — Começando pelo primeiríssimo dia, quando vocês me adotaram. Cheguei em casa e não podia dizer que gostava de nada sem que imediatamente meus desejos fossem realizados. Mamãe me comprou um urso de pelúcia enorme só porque eu vi na novela e comentei "que bonito". A senhora me mimou também, viu, dona Catarina?

Mamãe encarou o chão e mami mordeu os lábios, tentando não rir.

— Já sabemos com quem nossos filhos não vão poder ficar ou estaremos perdidos! — Leo comentou, e os olhos das duas brilharam.

— Filhos? — Mami levou a mão ao coração de novo.

— No plural? — Mamãe sorriu.

— É modo de falar, nós não... — comecei.

— No mínimo quatro. — Leo fez o número com as mãos. — Por mim! Mas depende dela, né?

As duas me fuzilaram com o olhar, deixando evidente que se eu dissesse qualquer número inferior seria o mesmo que destruir seus sonhos. Eu teria que assassinar Leonardo, não havia alternativa.

— Imagina, Cata, nossa casa cheia de crianças correndo! — Mami tinha o ar sonhador.

— Com roupinhas do Marcata! — Mamãe entrou na onda imediatamente.

Encarei Leo e ele me deu uma piscadinha, se vangloriando por ter trazido o clima de volta, com direito a "Cata" e "nossa casa". Respondi com uma cara impaciente; eu preferia a morte a agradecer a ele por colocar uma ideia daquelas na cabeça das duas. Teríamos um filho no máximo.

Calma. "Teríamos?"

Leo percebeu minha fúria e ergueu três dedos, movimentando as sobrancelhas, como se dissesse silenciosamente: "E três? Bora fechar em três?". Revirei os olhos, sem acreditar.

Enquanto tínhamos nossa conversa silenciosa, minhas mães se mantinham sonhadoras a respeito dos frutos de um relacionamento que nem sequer existia.

— E a Jut também vai voltar pra perto de nós quando os netos chegarem! Não é mesmo? — Mami sorriu como uma criança depois de aprontar.

— Nem precisa esperar tanto! Podia ser já! Você viu o que a chuva de ontem fez com essa região, Marta?

— Ai, quase morri de preocupação!

— E olha o tamanho desse *apartamento*, cheio de coisas! — Mamãe apontou para as cestas básicas.

— Vocês sabem o quanto eu aprecio cada momento em que criticam minha casa ou o meu trabalho, mas a gente pode voltar a preparar o almoço?

— Eu achei que a rebeldia iria acabar junto com a adolescência, sabe? — Mamãe me ignorou.

— Nem me diga! A impressão que tenho é que ela ficou mais do contra ainda.

* * *

— Você acha que eu tenho coração de gelo? — perguntei à Érica no caminho de volta para casa.

Eu ainda não tinha conseguido esquecer a frase da minha aluna. E, para completar, o modo como tinha agido com o Leo no início da noite me deixou culpada.

— Sim — Érica respondeu no automático, olhando o retrovisor para mudar de faixa.

— Você nem precisou pensar a respeito? — perguntei, chocada.

Minha amiga soltou uma risada e me encarou quando parou no sinal.

— Para quê, Julieta? Quando você terminou com o Leo, por exemplo...

— Precisa repetir essa história?

— Sabe por que você não aguenta falar sobre o assunto? Porque tem pânico de tudo que envolva sentimentos. Qualquer coisa emotiva te faz pular fora. Viu? Coração de gelo.

— Não sei por que inventei de te perguntar isso.

— Se você quer que eu minta, me avisa antes, pô! — Ela voltou a se concentrar na direção, enquanto eu dava um suspiro impaciente. — De onde veio essa pergunta, afinal?

— Ouvi a Luísa Gabrielle dizendo isso na hora do recreio.

— Quem é Luísa Gabrielle?

— A da 802.

— Ah, a Gabi! Nossa, quem chama ela de Luísa Gabrielle?

— Será que esse é o motivo dos meninos não escutarem uma palavra do que eu digo? Sexta passada tentei incentivá-los a sonharem mais com o futuro e talvez falar grego tivesse surtido mais efeito.

— Ah, não, essa parte não é privilégio seu, Jut. Assim, eu acho que o fato de sermos professoras deles já é um ponto positivo. Sei que somos as únicas negras, mas pelo menos isso já mostra pra eles que existem outras possibilidades.

— Érica, você acha que os meninos veem alguma vantagem em ser professor? — zombei, e ela riu.

— Mas quem sabe não trazemos alguém pra falar com eles? A gente tem tanto aluno talentoso e inteligente, precisamos que eles saibam disso, que sonhem com a universidade, por exemplo!

— Hmmm, gostei da ideia.

— Ah, já sei! — Érica deu um grito, e eu levei um susto. Ainda bem que era ela quem estava dirigindo. Ela logo desandou a falar: — Vamos levá-los ao Marcata? Suas mães têm histórias incríveis pra contar! No seu aniversário, quando a Martinha contou que foi a primeira da família a cursar nível superior e depois contou como foi chegar aonde chegou, eu fiquei impactada demais. Você não olha pros nossos alunos e vê várias Martinhas em potencial ali? E eu sei que a Catarina veio de uma família de classe média, mas acho que os meninos vão poder se identificar com muitas coisas também, principalmente pela questão racial, já que a maioria esmagadora dos alunos é negra. Ai, só aquela foto das duas que tem na entrada já vai mexer com os nossos meninos, certeza! Até eu fico tentada a seguir os sonhos que guardo debaixo do tapete!

— E você nem viu depois da reforma, elas colocaram uma foto maior ainda — comentei sem muito entusiasmo; não era bem o que eu tinha pensado.

— Então! — Érica se empolgou mais.

— Achei que você ia dizer pra convidarmos um professor de faculdade pra palestrar.

— Pelo amor de Deus, Julieta! Nunca viu um acadêmico falando? Chato demais! — Ela colocou a língua pra fora.

— Nem todos! — defendi.

— O Marcata é diferente, é um lugar cheio de vida, arte, com uma proposta inovadora, sucesso no Brasil! Suas mães são estrelas e é isso que empolga os jovens! Tá, tá, não faz essa cara. A gente pode marcar depois outra excursão pra UFMG, o campus também é lindo e pode ajudar a conquistar os meninos.

— Tá, fechado! Vou pensar em um jeito de conseguirmos um ônibus pra levá-los e vou ver com o Leo se ele pode ajudar a intermediar essa visita.

— "Leo"?! — Érica estava de queixo caído quando parou o carro na porta do meu prédio.

Fechei os olhos, arrependida por ter soltado aquela. Agora não tinha mais volta.

— Longa história — desconversei, tentando me livrar.

— Eu tenho tempo.

— Estamos arquitetando um plano pra fazer minhas mães reatarem e aí acabamos voltando a nos falar.

— Esse *evento* acontece na sua vida e você não só esconde de mim como me conta em apenas *uma* frase? — Ela colocou uma mecha cacheada atrás da orelha, fingindo estar ofendida.

— Nós dormimos juntos — soltei de repente. O que eu estava fazendo?

— Julieta, nossa amizade acabou.

— Tá bom.

Abri a porta para sair do carro (e, com sorte, daquela conversa), mas ela o estacionou na vaga em frente ao prédio e veio atrás de mim.

— Que patético, eu amei! — Érica bateu palmas no sofá depois que terminei de contar tudo o que tinha acontecido até então. — É tão óbvio o quanto vocês dois ainda se gostam.

Suspirei, me encaminhando para conferir a comida que eu esquentava no fogão.

— Uau, você nem discordou! Quantas negações já tentou inutilmente enviar ao seu cérebro pra desistir de tentar agora?

— Você veio aqui tripudiar de mim? — Me virei de volta para ela, que estava tentando segurar uma risada.

— É que você é tão teimosa! — Érica jogou as mãos aos céus, dramática.

— É, hoje você tá a todo vapor.

— Amiga, eu te amo, você sabe! — Ela veio para perto de mim e se encostou à geladeira. — Mas se você não se livrar dessas amarras todas que criou, não vai conseguir ser feliz.

Continuei focada na panela, deixando as palavras de Érica entrarem em minha mente.

— Liga pra ele — ela cochichou, me obrigando a encará-la. — Usa a desculpa da excursão com os meninos que eu cuido do nosso almoço.

— Nosso? — zombei, já largando a colher.

— Meus conselhos têm um preço: comida.

Dei uma gargalhada antes de pegar o telefone e discar o número de Leo. Parei quando faltavam os últimos dois dígitos e encarei Érica de novo.

— Eu posso só mandar uma mensagem, daí ele...

— Liga logo, Julieta!

Inspirei fundo e terminei de discar. Leo me surpreendeu atendendo logo na segunda chamada.

— A que devo a honra de tão estimada ligação, minha querida namorada?

Segurei a risada, mas um sorrisinho escapou, e, obviamente, Érica percebeu na hora. Ela fez uma cara debochada e desenhou um coração no ar com os dedos. Aquilo me fez lembrar do momento em que Luísa Gabrielle — Gabi — me contou sua história de amor, recheada de dramas adolescentes. Érica e eu parecíamos ter a idade dos nossos alunos naquele momento.

— Oi, Leonardo, tudo bem? — falei, tentando me manter séria.

— Comigo, sim, mas algo grave deve tá rolando pra você me ligar. Tá precisando fechar mais cestas básicas?

— Que absurdo! Você que se ofereceu, eu não te obriguei!

— Vamos fingir que sim... — Ele riu, reconhecendo a mentira nas próprias palavras.

— Eu preciso discutir uma coisa com você.

— Discussão? Tô fora!

— Dá pra falar sério um minuto?

— Tá, vai...

— Você acha que é muita viagem minha fazer uma excursão com os meus alunos pro Marcata? Eu e a Érica estamos pensando em jeitos de incentivá-los a seguirem seus sonhos e surgiu essa ideia.

— Você consegue o que quiser aqui, *herdeira* — ele enfatizou a última palavra porque sabia o tanto que eu a odiava.

— Eu tô falando sério, Leonardo.

— Bom, eu acho que seria uma boa! — Ele finalmente usou o tom de voz que eu queria. — Suas mães ficariam muito felizes por ver você demonstrando algum interesse pelo Marcata. Elas sabem o quanto você venera sua profissão e a escola, daí trazer os alunos aqui seria uma baita prova da importância que você dá pra carreira delas. Além do mais, acho que pode ajudar no nosso plano, hein? Tô precisando muito falar com as duas juntas sobre o próximo evento, posso usar a desculpa de que o assunto é você e seus alunos e, depois de fisgadas, peço o que preciso.

— Caramba, que estratégico!

— É uma questão de agarrar as oportunidades!

— Tá bem, me fala depois se deu certo.

— Por que você não vem almoçar aqui amanhã? Você viu o milagre que nós dois juntos conseguimos alcançar, né? Você fala do seu projeto, eu discuto as coisas que preciso e todo mundo sai feliz!

— Tá bom, amanhã tô aí.

— Vou marcar com elas agora mesmo, as duas estão conversando aqui na recepção e eu vejo sorrisos... Tá todo mundo meio chocado com a mudança. — Ele soltou uma risadinha. — Essa sua ideia de fingir que voltamos a namorar foi genial!

— Não foi planejado, só... aconteceu.

— Caramba, foi exatamente o que você disse quando contou pra elas que estávamos namorando da primeira vez!

Fechei os olhos por um momento e me lembrei daquela cena. Combinamos de falar juntos quando já não tinha mais jeito porque as pessoas no Marcata estavam desconfiando das minhas visitas constantes ao Ateliê. Se minhas mães descobrissem por terceiros, eu seria uma pessoa morta.

Nos conhecemos em uma das festas de fim de ano do Ateliê, que eu só fui por conta da chantagem emocional das minhas mães. Leo tinha acabado de entrar como estagiário e tive a impressão de que estava desconfortável.

"Parece que mais alguém compartilha do meu sentimento por essa festa", falei ao me aproximar.

"Nem me fala! Ainda falta muito pra acabar?", ele respondeu, sem se virar para mim.

"Pra acabar, sim. Mas pra ser socialmente aceitável fugir, acho que não."

Leo ergueu a sobrancelha e me encarou com uma expressão divertida.

"Tem tanta experiência assim pra saber o tempo adequado dessas coisas?"

"Digamos que já estive em várias dessas…"

"Ah, é? Você trabalha no Marcata há quanto tempo?"

"Graças a Deus, nunca trabalhei lá!"

Ele mordeu o lábio em uma expressão confusa e depois abriu a boca, assustado, quando finalmente entendeu.

"Eita, você é a herdeira!", Leo deixou escapar e logo depois tapou a boca.

"O quê?!"

"Nossa, desculpa!"

"Do que você me chamou?". Coloquei a mão na cintura.

"Não fui eu que inventei, só ouvi nos corredores."

"Não acredito que me chamam assim pelas costas!". Era a primeira vez que ouvia aquilo.

Não sabia se ria ou se ficava brava; que alcunha mais detestável!

"Só pra constar, esse estágio é absolutamente tudo pra mim, nem nos meus sonhos mais áureos eu poderia imaginar que estaria aqui, então essa festa cheia de rostos estranhos está perfeita. Se você disser qualquer coisa diferente, eu nego. Com certeza vão acreditar no estagiário novo."

Ele ergueu a taça com uma expressão divertida, e eu balancei a cabeça achando graça. Foi no "sonhos mais áureos" que ele me conquistou, eu soube mais tarde. E na sobrancelha direita erguida. E no jeito de levantar o copo. E de me fazer rir.

Passamos as semanas seguintes trocando longas mensagens madrugada afora. Leo conquistou minhas mães com o seu trabalho e foi contratado imediatamente depois de se formar, no ano seguinte. Ele morria de medo de acharem que seria beneficiado por namorar a filha das donas, então acabamos escondendo o namoro. Acontece que oito meses depois já não tinha mais como, os cochichos corriam pelos corredores do Ateliê e tivemos que contar.

As duas só faltaram pular de alegria. Descobri que elas já queriam me casar com ele de qualquer forma. Bem, com ele ou com a Paulinha, o braço direito das duas, mas esse plano foi por água abaixo quando Paulinha ficou noiva, então sobrou o Leo, o segundo funcionário preferido.

Quando estávamos prestes a completar dois anos juntos, elas já não tinham mais o menor pudor de cobrar o casamento. Mas foi quando Leo começou a soltar alguns sinais em relação a isso que tudo desandou.

— Alô? Jut? Você tá me ouvindo? — Leo interrompeu minhas memórias e eu voltei para o presente.

Excursão. Marcata. Almoço.

— Oi, tô aqui. Então amanhã tá marcado, né? Vou direto da escola.

— Ótimo, peço um carro pra te buscar.

— Não preci…

— Julieta, o tempo que você vai levar pra atravessar a cidade até aqui em três ônibus vai me matar de fome.

— Mimado.

— Teimosa.

— Desaforado.

— Herdeira.

— Quê? Precisa apelar? — falei, entre gargalhadas.

— Ei, você que começou!

— Até amanhã, Leonardo.

— Até amanhã, Jut, beijo. — Ele se despediu ainda deixando escapar risadas, e eu fiquei alguns segundos encarando o celular.

— Olha essa cara! — Érica se aproximou de repente, me dando um susto.

— Ai, até esqueci que você tava aí!

Ela semicerrou os olhos, colocou a mão na cintura e fez uma expressão travessa. Eu sabia o que ela ia dizer.

— Não, eu te proíbo! — Tampei a boca de Érica com a mão, e ela ergueu os braços, fingindo inocência.

— Bom, nem tudo precisa ser dito.

Ela deu de ombros e voltou para perto do fogão.

Quando cheguei no restaurante ao lado do Ateliê, morrendo de fome por ter tido que usar o intervalo inteiro para separar a briga entre Felipe e Enzo da 701, não pude deixar de reparar que os três sorriam e conversavam de um jeito espontâneo e divertido. Havia tempo que minhas mães mal se falavam, e eu tinha pensado que juntar as duas seria uma missão mais desafiadora, mas, de repente, aquele plano improvisado se mostrou a melhor saída.

— Olá, família — falei ao me aproximar, e os três se viraram contentes.

— Que saudade, filhinha! — Mami me abraçou e mamãe passou a mão em meus cabelos.

— A gente se viu sábado!

— E teríamos nos visto mais se você voltasse a...

— Mamãe, de que ia adiantar? Vocês nem estão na mesma casa mais, imagina ter que escolher com quem ficar!

Interrompi a frase de Catarina só para aproveitar a oportunidade de provocá-la, mas quando vi as duas trocando olhares, fiquei me perguntando o que aquilo significava. Será que...

— Você não vai cumprimentar seu namorado? — Mamãe perguntou ao recobrar a pose altiva.

— Oi — sorri, me virando para ele, que sorriu também.

As duas continuaram nos encarando, como se esperassem algo a mais. Foi quando me dei conta do que estavam estranhando.

— Meu Deus, mamãe! É todo mundo adulto aqui!

Me aproximei lentamente de Leo, preparando-o para o que faria, e ele se inclinou em minha direção. Nossos lábios se encontraram em um selinho, e eu fechei os olhos, sentindo cada parte do meu corpo reagir àquele pequeno contato. Minha expressão não devia estar muito diferente daquela que "meu namorado" tinha em seu rosto. Antes da encenação, pensei que o selinho não fosse passar de um teatro para minhas mães, mas depois ficou óbvio que tinha mexido com ambos.

— Ainda não caiu a ficha que vocês voltaram mesmo! — Mami colocou a mão no coração, emocionada.

Foi quando me lembrei de que ainda estávamos em público.

— Nem me fale! A gente deveria aproveitar e fazer aquela viagem pra praia de novo! — Mamãe sugeriu.

— Ou... sabe o quê? Podíamos visitar a África do Sul! Sempre foi nosso sonho, Cata!

— Boa ideia! Posso comprar as passagens pra nós quatro?

As duas se viraram para nós, com sorrisos esperançosos no rosto. As coisas estavam indo rápido demais, enquanto eu mal tinha processado um selinho.

— Calma, podemos falar sobre o projeto primeiro? Depois a gente planeja as férias.

— Ela só pensa em trabalho! — Mami me criticou, procurando apoio em mamãe.

— Puxou a mãe — Catarina respondeu, tocando o nariz de Marta.

— Qual delas? — Mami levantou o ombro, visivelmente jogando um charme.

— As duas — Mamãe disse, e elas se uniram em uma risada gostosa.

Encarei Leo com uma expressão de choque. O que estava acontecendo ali bem diante dos nossos olhos?

— Adorei a ideia, meu amor! Nós vamos preparar uma ótima apresentação pra inspirar seus alunos! E a Paulinha pode nos ajudar a mostrar o Ateliê! Vai ser perfeito! — Mami falou, animada.

— Só tenho uma condição! — Mamãe ergueu o dedo indicador.

— Ah, eu sabia que tava tudo fácil demais... — reclamei, imaginando o que viria.

— Você vai ao lançamento na semana que vem!

— Ai, não, mamãe. Por favor, não!

— Jut, é um evento importantíssimo pra nós! Seria tão bom ter você ao nosso lado enquanto estamos tentando fazer o Marcata crescer ainda mais... vamos ter até convidados estrangeiros! — Mami fez aquela carinha de cão sem dono, a mesma que usava para todas as chantagens emocionais em que eu sempre caía.

— Seu trabalho é tão importante pra você quanto o nosso é pra gente... É uma troca justa! — Mamãe arrematou.

Suspirei, completamente vencida, e elas bateram palmas.

— Leo, você consegue desenhar um vestido pra ela a tempo? — Mami perguntou com o maior sorriso do mundo.

— Eu? Cla-claro! Seria uma honra! — Leo respondeu, impactado.

— Excelente! Depois do almoço, vocês podem discutir mais detalhes! Estou empolgada! — Mami bateu palmas e compartilhou um largo sorriso com mamãe.

Leo e eu trocávamos olhares de descrença a cada minuto, mas eu jamais ousaria reclamar. Minhas mães estavam se dando bem pela primeira vez em meses. Talvez nosso plano tenha sido muito bom mesmo.

— É um milagre! — Leo exclamou, de volta ao escritório, andando de um lado para o outro e movimentando os braços, tão confuso quanto eu.

— Eu tô quase te pedindo pra me beliscar. Obrigada por ter tido essa ideia, foi genial! — Dei um sorriso sincero.

— Eu sei que sou genial. — Leo deu uma piscadinha e eu me joguei em seu sofá. — Quero dizer, mais ou menos genial. Como vou conseguir fazer um vestido que agrade duas das maiores estilistas do país em tão pouco tempo?

— Que agrade a mim, você quer dizer! — corrigi, indignada.

— Você é fácil, eu já consegui antes. — Leo me lançou um sorriso safado e se sentou na ponta da mesa.

Eu fechei os olhos, numa falha tentativa de manter a compostura, mas assim que o fiz, meu cérebro me levou para o dia em que resolvi fazer uma surpresa a Leo, aparecendo no Marcata no fim do expediente para levá-lo para jantar. Eu sabia que não costumava demonstrar muito afeto, mas isso ficou ainda mais evidente quando vi a alegria dele. Leo não foi capaz de conter o misto de espanto e satisfação por me ver ali.

"Você acabou de melhorar o meu dia em duzentos por cento", foi o que ele disse, correndo em minha direção, fechando a porta da sala e me dando um beijo longo.

Sua língua era urgente e suas mãos passearam por cada uma de minhas curvas, me fazendo estremecer. O toque de Leo conseguia ser delicado e preciso ao mesmo tempo, se demorando mais em alguns pontos e deslizando por outros, criando o ritmo perfeito para me deixar sem fôlego.

Ele enfiou a mão na minha blusa, e eu arfei quando tocou meus seios. Decidi contra-atacar avançando em seu pescoço; minha língua passeou até chegar ao queixo de Leo, que de repente me segurou mais forte e me levou até sua mesa. Ele passou o braço pelo tampo, jogando tudo no chão, e eu ri da sua falta jeito.

"Tem um sofá ali", comentei.

"Longe demais.", Leo balançou a cabeça e tirou minha blusa.

Conforme ia me despindo, dava um beijo em cada pedaço da minha pele nua, e eu joguei minha cabeça para trás, desejando mais.

— Julieta? — o Leo do presente chamou, cortando a melhor parte da lembrança. — Tá tudo bem?

— Aham — respondi com a voz alterada, e ele percebeu. Droga.

— Você fez uma cara de dor...

Dor porque você não está me jogando na mesa e me beijando como da outra vez.

— Acho que comi demais. — Deitei a cabeça no encosto do sofá para dar credibilidade à minha mentira.

— Uhum — ele murmurou, sem acreditar. — Então, o que você acha de darmos uma olhada nos tecidos do Ateliê pra você me dizer seus tons preferidos?

— Nossa, que incrível! — Forcei meu melhor tom irônico, e Leo soltou uma risada pelo nariz.

Ficamos sorrindo em silêncio pelo que pareceram horas, até que ele saiu de cima da mesa e me ofereceu a mão para levantar do sofá.

— Tenho muito trabalho pela frente se quero deixar um brilho nos olhos da Catarina e da Martinha.

Franzi o nariz em protesto de novo, e ele fingiu me ignorar. Peguei sua mão e me levantei, ficando mais perto do que tinha planejado. Na mesma hora dei um passo para trás e olhei para o chão.

Soltei a mão dele e caminhei em direção à porta. Leo expirou e em seguida me acompanhou.

No andar de produção, acontecia um ensaio fotográfico incrível, que eu não pude deixar de admirar por um tempo. No centro, três modelos sob uma luz rosada faziam os carões típicos do mundo da moda. As roupas eram da última coleção do Ateliê, em cores vibrantes que contrastavam bem com os acessórios de suas cadeiras de roda e com o tom escuro de suas peles. No fundo, tecidos pendiam do teto ao chão, dando um efeito etéreo à cena.

Paulinha estava tensa, as rodas de sua cadeira não paravam um segundo enquanto ela ficava de um lado para o outro resolvendo pepinos e delegando funções. Seu rosto negro claro estava levemente vermelho, indicando o cansaço.

— Tá tudo incrível! — falei, tocando o ombro dela na intenção de transmitir alguma tranquilidade.

— Isso porque você chegou agora e não viu o piti que eu precisei dar há dois minutos! — Ela fez um coque no alto da cabeça com suas tranças e suspirou, exausta.

— Eu imagi...

Fui interrompida com Paulinha estalando a língua e logo indo para outro canto, pronta para dar mais uma bronca.

— Não, não tá bom, gente! Troca a modelo da direita com a do meio.

Leo movimentou a cabeça, me chamando para escapar dali, e não hesitei em segui-lo.

— O Ateliê tá um caos por causa do evento — ele tentou explicar.

— Percebi, até a Paulinha tá nervosa.

— É que você conhece a Paulinha em modo "festas". O modo "trabalho duro antes de um evento importantíssimo" é bem diferente. Ela é uma das pessoas em quem suas mães mais confiam.

— Assim como você — completei ao me lembrar das inúmeras vezes que as duas tinham me dito aquilo.

— Digamos que elas têm motivo. — Leo mordeu o canto da boca e ajeitou a gola da blusa, me deixando arrependida do que falei.

— Você se acha demais.

— Tenho que honrar o meu Sol em Leão.

— Não venha culpar seu signo!

Ele deu um sorrisinho e abriu a porta à sua direita, revelando uma sala cheia de tecidos.

— Uau!

— Acho que essa cor aqui ficaria incrível em você — disse Leo, apontando para alguns tons de amarelo.

— Não gostei.

— E esses? — Ele apontou para uma coleção de seda azul.

— Também não.

— Esqueci que discordar é hobby de aquariana.

Fuzilei-o com o olhar e depois me voltei aos tecidos, pronta para escolher um e provar que ele estava errado.

— Gosto desses aqui — falei, apontando para estampas vermelhas, e ele sorriu.

— Eram as minhas próximas sugestões. Ops, quero dizer, minhas últimas, eu juro.

— Chega!

Dei um tapinha em seu ombro, e ele riu, travesso.

— Bom, precisamos das suas medidas, mas se eu pedir pro pessoal da criação qualquer coisa que não tenha passado pela Paulinha, vão me matar. Ou melhor, *ela* vai matar todos eles. E a mim.

— Então, bora lá.

Leo pegou uma fita amarela na mesa, e eu me posicionei diante do espelho enorme na parede. Uns cinco anos antes, eu estaria odiando cada segundo daquele momento. Sempre estive longe dos padrões de magreza: os seios grandes, quadril largo, coxas grossas e números na balança me fizeram odiar o meu corpo durante grande parte da minha vida. Confesso que eu continuava não sendo o maior exemplo de autoaceitação, e alguns dias eram piores do que outros, mas em situações como aquela, dava para perceber meu avanço. Não que tirar medidas fosse lá meu programa favorito, mas também não me causava mais tantas palpitações quanto na adolescência, o que eu considerava uma vitória.

— Com licença — ele pediu com delicadeza enquanto media a altura do meu ombro à cintura e anotava no celular.

Leo partiu para a altura da cintura até o joelho, depois até o pé, em seguida olhou todo o meu corpo, pensando em qual seria o próximo passo.

— Tá acostumado a ter alguém fazendo essa parte pra você, né? — zombei.

— Claro que não! Esqueceu que fui estagiário aqui? Você não imagina o tanto que ralei em todos os postos. — Havia um nervosismo no tom de Leo, por mais que ele tentasse parecer relaxado com tudo aquilo, e eu não sabia o que o incomodava tanto.

De repente algo iluminou seu olhar e ele começou a medir a circunferência do meu pescoço. Fingi estar sendo enforcada para tentar aliviar o que quer que estivesse pesando o clima, mas não funcionou muito bem. Depois de medir regiões que não faziam o menor sentido, como a largura do meu pulso (o que ele pretendia fazer?), Leo pigarreou e encarou o chão.

— Vou precisar medir o seu quadril agora... — ele falou, desconcertado, e só aí entendi qual era o problema.

— Claro — concordei de imediato.

Ele contornou meu corpo com a fita e estremeci com o contato de seus dedos. Como eu sentia falta daquele toque. A fita subiu para a cintura, e Leo parecia fazer um esforço sepulcral para manter o olhar fixo nos números, enquanto eu inspirava o perfume de seu pescoço. Ele estava tão perto. E tão longe.

— E agora o... — Ele se enrolou, gesticulando alguma coisa que não entendi. — O busto. Se você preferir medir por conta própria...

— Não, pode ir — respondi, mais rápido do que deveria.

Leo passou a fita em volta dos meus seios e piscou mais vezes do que o necessário, até que não aguentou e ergueu os olhos.

Vi o pomo de adão ficar proeminente em seu pescoço quando ele engoliu, e sua expressão ficar mais tensa quando desceu o olhar até minha boca. E de novo eu quis beijar aqueles lábios grossos, provocá-lo no pescoço e bagunçar seus cabelos crespos que ele gostava tanto de deixar impecáveis. Eu o queria. Muito.

Conseguia sentir o calor entre nossos corpos naquele espaço ridículo que havia entre nós, podia ouvir nossas respirações ficarem mais ofegantes e nossos cérebros gritarem para sanarmos logo todo aquele desejo represado.

Mas não podia. Havia muito em jogo. Qualquer passo era arriscado e traria ainda mais confusão à nossa já confusa história.

Puxei o ar, esperando trazer junto a coragem de que precisava para recuar, mas Leo foi mais rápido ao soltar a fita e dar um passo para trás.

— Julieta, eu... — Leo levou a mão ao cabelo, procurando as melhores palavras. — A gente precisa conversar.

Mordi o lábio, nervosa pelo que viria. Leo precisava mesmo trazer o passado à tona? Um passado que eu entendia tão pouco que mal conseguia conversar sobre?

— Talvez, agora que suas mães estão bem, a gente possa parar de fingir o namoro.

O golpe foi tão forte que eu nem soube como responder. Não era o que eu esperava. Leo, que não tinha me olhado ao dizer nenhuma daquelas palavras, me encarou para estudar minha reação.

— Desculpa, é que... tem sido difícil pra mim. Estar com você, eu digo. Na sua casa, eu fiquei com ciúme da possibilidade de você estar saindo com outras pessoas, sabe? — Ele deixou uma risada irônica escapar. — Não tenho o menor direito de sentir isso. Fora que foi uma agonia dormir tão perto de você, sentir o cheiro do seu cabelo e você me abraçar, tudo sem podermos estar realmente juntos. E agora eu...

Seu rosto revelava um misto de dor e constrangimento, e eu queria perguntar o que estava prestes a dizer, mas também tinha medo da resposta.

— Eu quase te beijei, Jut. E você deixou bem claro que não existe qualquer possibilidade pra nós dois, então não sei como continuar o que estamos fazendo sem que isso me afete. Eu sei que foi ideia minha trabalhar em equipe pra unir suas mães, mas não sabia que ia ser tão difícil assim. Desculpa. A gente pode pensar em algum jeito de falar com elas depois, mas agora eu preciso arejar a cabeça.

Leo colocou a fita na mesa e saiu. Encarei meu reflexo no espelho e vi o mesmo sofrimento estampado em meu rosto. Se tudo o que eu tinha feito havia sido na intenção de proteger os sentimentos de nós dois, por que eu estava *sentindo* tanto?

Durante o resto daquela semana e da seguinte, qualquer atividade exigia o dobro da minha atenção. Eu checava meu celular de tempos em tempos, mas a última conversa com Leo tinha sido no dia do almoço, que foi também o dia em que ele...

— Professora, o Brasil foi o último país a abolir a escravidão?

Uma voz me arrancou das lembranças, trazendo minha mente de volta para o presente: eu estava em sala de aula esperando os alunos terminarem de copiar o quadro. Passei a mão no rosto, tentando me concentrar, e procurei de onde tinha vindo a pergunta.

— Da América, sim, Gabi — respondi.

Assim que soltei a frase, a turma inteira ergueu o rosto, chocada, e eu fiquei alguns segundos sem entender o que tinha acontecido, até que escutei Gabi falar para uma colega:

— Viu? A professora gosta de mim. — Ela deu um beijo no próprio ombro para zoar a amiga.

— Ei, eu gosto de todos vocês! — falei, me levantando da cadeira e colocando a mão na cintura.

— Aí já é demais, né, professora? Não precisa mentir, ninguém gosta da 802 — Natan, um garoto que se sentava no fundo da sala, falou de um jeito impaciente.

Não havia qualquer material na mesa dele, a mochila estava jogada no chão e ele usava boné, o que era contra as regras da escola. Aquilo que ele tinha dito me fez lembrar de uma pesquisa sobre rendimento escolar que eu li na faculdade. O estudo concluía que as turmas que ganhavam o título de "piores" iam progressivamente apresentando resultados ruins porque a motivação dos professores diminuía ao entrar na sala de aula. A pesquisa até fez um teste invertendo as turmas, percebendo o poder que uma sentença poderia provocar. É claro que era preciso ver o lado do discente também, mas a fala de Natan ecoou as reuniões de professores, que sempre chegavam à mesma conclusão sobre a 802: "essa turma é péssima!". Caramba, e olha que ainda estávamos no primeiro bimestre!

Tudo bem que as provas diagnósticas mostravam as defasagens, mas a 802 era uma das turmas em que eu mais gostava de trabalhar. Eles eram curiosos e mostravam interesse quando estimulados do jeito certo — e se eu, uma das professoras consideradas mais "bravas" achava isso, imagino como deviam ser com Érica, por exemplo, que já chegava abraçando os alunos.

— Poxa, acho que tô sendo injustiçada. Outro dia falei com a Érica que… ah, deixa pra lá.

— Não, professora, fala!

Eles morderam a isca, e eu ri.

— Nós duas estamos combinando uma excursão pro mês que vem, e eu falei com ela que a primeira turma que eu queria levar era a 802! E agora vocês me dizem isso?

— E por que você ia escolher a gente, logo a turma mais bagunceira? — Natan fez uma expressão preguiçosa, acompanhada de uma postura defensiva. Seria difícil conseguir algo ali.

— *Eu* acho que vocês são curiosos e interessados. Se a excursão der certo aqui, vou repetir nas outras.

— Uau, que responsabilidade — outro aluno comentou.

— Mas pelo visto vou ter que escolher outra turma, né? Nem vocês concordam que vale a pena...

— Epa, não é assim, não! A gente só tá chocado por descobrir que você gosta da gente, você nunca disse isso. — Gabi ergueu as mãos com as palmas pra cima, achando graça.

Ri da sua sinceridade e suspirei, sem saber como argumentar. Ela estava mais do que certa, eu era péssima em demonstrar afeto e me envolver com as pessoas. Se na minha cabeça eu gostava de alguém, para mim não faltava mais nada, como se fosse óbvio. Eu só esquecia que ninguém tinha o poder de ler a minha mente.

O pior é que já tinha percebido esse traço da minha personalidade quando Leo e eu namoramos, mas não sabia que aquilo também se mostrava no meu trabalho.

— Pois eu gosto de vocês — falei, com mais dificuldade do que imaginava. Uau, por que aquilo era tão complexo? — Mas vou gostar mais ainda se terminarem de copiar o quadro pra eu começar a aula de hoje.

A turma deixou uma risada escapar e ouvi alguém dizer "agora, sim, a professora que a gente conhece tá de volta!", mas todos voltaram a se concentrar nos cadernos. Quando vi Natan abrindo a mochila e pedindo uma caneta emprestada, meu queixo caiu. Talvez a "pedagogia do afeto", como mami gostava de chamar, funcionasse mais do que qualquer outra coisa. Eu precisava experimentar um pouquinho mais dela.

O episódio da 802 fez com que eu começasse a rever toda a minha vida. Na volta para casa, a janela do ônibus se transformou na janela da minha alma enquanto eu tentava encontrar a origem da minha dificuldade com envolvimentos afetivos. Qual era a questão? Por que eu criava essa barreira?

Engraçado que tudo o que consegui foi levantar essas questões, mas não encontrei nenhuma resposta. Chegando em casa, decidi ligar para quem me diria as verdades que, depois de meses em negação, eu precisava ouvir.

— Vamos lá, me fala: por que eu terminei com o Leo?

Coloquei o celular na bancada da cozinha, enquanto encarava os olhos grandes e pretos de Érica na chamada de vídeo. Seus cabelos castanhos estavam soltos em cachos volumosos incríveis e ela usava os óculos redondos de leitura. Ao lado, uma pilha de trabalhos para corrigir, mas Érica não hesitou em abandoná-los quando eu disse que precisava de ajuda para uma anamnese.

— É pra ser sincera? Você aceita os termos e condições e deseja continuar? — Érica tirou os óculos e me encarou com seriedade. Fiz que sim com a cabeça, mesmo que temesse o que viria a seguir. — Porque você é uma medrosa. Ficou com medo do relacionamento ficar sério demais e perder sua liberdade, como se isso fosse uma regra.

— Ele deu a entender que queria morar comigo, Érica! Isso é quase casamento.

— E você, em vez de discutir os limites da relação, tirou as próprias conclusões e preferiu fugir.

Meu coração batia descompassado com a verdade me atingindo em cheio. Eu tive medo do fluxo que o nosso relacionamento seguia; nós passávamos quase toda a semana juntos, Leo tinha as chaves da minha casa, participava de decisões que sempre tomei sozinha, conversávamos sobre tudo e compartilhávamos nossos anseios mais íntimos. Ao mesmo tempo que era bom, me assustava. E o fato de eu não conseguir dizer a ele o quanto o amava só me dava a certeza de que havia algo quebrado em mim e que eu não estava pronta para um relacionamento tão sério.

— Você se assustou e correu, o que, ok, dá pra entender. O problema, amiga, sendo bem sincera, é que você não deu nenhuma explicação a ele. O Leo é um cara muito legal e você simplesmente terminou sem dizer o motivo. Já parou pra pensar na quantidade de vezes que ele deve ter ficado se perguntando o que fez de errado com você?

— Ai, Érica...

— Você pediu, agora aguenta. Amigo também serve pra dar umas porradas quando necessário. — Ela gesticulou com o indicador em riste do jeito mandão que só ela sabia fazer. — E o pior é que você também sofreu com o término, Jut. Ainda sofre, né, vamos ser honestas?

— Eu pensei que terminar era um jeito de nos proteger, de proteger o *Leo*, já que obviamente não daria certo, que a relação não passaria disso.

— Obviamente por quê? Pra quem?

— Eu não sei!

— Você quer estar sempre um passo à frente de tudo, Jut! Quer bisbilhotar o futuro e racionalizar seus sentimentos, como se existissem regras iguais pra toda relação dar certo. Olha eu e a Heloísa, estamos juntas há três anos em um relacionamento aberto, ela morando em Maceió e eu aqui em BH. Nós estabelecemos nossas regras, que também não são definitivas e podem mudar a qualquer momento. É só *conversar*.

— Você é muito sábia, que saco. — Soltei uma risada, e ela me acompanhou. — Obrigada, amiga.

— Ah, e tem mais! Vocês se gostam pra caramba, não faz o menor sentido não estarem juntos!

Mordi o lábio superior, tentando encontrar um caminho para tudo aquilo. Não dava para esperar que Leo desse o primeiro passo, por mais difícil que fosse, já que ele estava sendo incrível e se mantendo firme no autocontrole, como provou naquele mesmo dia no Marcata. Havia sido eu quem tinha terminado, eu quem tinha dito que não havia nenhuma chance de um "nós", eu quem tinha afastado qualquer tentativa de diálogo, portanto, era *eu* quem precisava tomar alguma atitude.

A pergunta era: como?

Uma das costureiras do Marcata me mandou algumas mensagens sobre o vestido da festa, e eu percebi que aquilo era um sintoma da nossa última conversa: Leo estava me evitando. E ele tinha motivos.

Na quarta, quando fui fazer a primeira prova do vestido, passei todo o trajeto até o Ateliê calculando quais palavras usaria para falar tudo o que precisava quando nos encontrássemos, afinal, ele não teria como me evitar dentro do Ateliê. Era hora de colocar os pingos nos is. Ou, pelo menos, no i de Julieta.

— Oi — falei, meio ressabiada, depois de bater na porta e colocar a cabeça para dentro da sala dele.

— Oi — ele respondeu com o mesmo desconforto.

— Eu vim pra…

— A prova do vestido — Leo completou, desviando o olhar.
— Isso.
— Ok. Vamos lá.
Ele enfiou as mãos no bolso e se levantou da cadeira.

Um silêncio que ultrapassava os limites do desconforto se estabeleceu entre nós durante o trajeto até o camarim. Pegar o elevador foi, sem dúvidas, o pior momento. Como tínhamos chegado naquele nível? Era bizarro, especialmente quando eu me lembrava de todos os beijos entusiasmados e secretos que dávamos no trajeto da portaria ao décimo andar no início do namoro, quando ainda o escondíamos de todos.

— Bom, acabei escolhendo outro tecido, mas espero que goste mesmo assim — ele disse logo que as portas do elevador se abriram. — Pedi à Joana para deixar seu vestido no primeiro camarim à direita. Vou esperar aqui do lado de fora enquanto você se troca, tudo bem?

Não, nada estava bem. Eu não queria me trocar ou me distanciar de Leo. Não estava nem aí pro vestido, só queria conversar com ele. Precisava falar de uma vez.

— Tudo bem — respondi.

As palavras que tinha treinado sumiram, então fui até o camarim.

Meu queixo caiu quando terminei de me ajeitar e vi o tecido branco cheio de detalhes azuis e prateados se destacarem. O decote era incrível e destacava meus seios de um jeito que eu nunca tinha feito (mas aparentemente deveria). Eu me sentia uma grande gostosa com aquele caimento perfeito. Leo tinha acertado em cada detalhe; o vestido era incrível, como tudo o que ele já se propôs a fazer.

— Uau! — disse, assim que encontrei seu rosto apreensivo.

— Gostou? — Ele permaneceu sério, avaliando cada centímetro de sua obra de arte, como se buscasse um defeito.

— Muito!

Leo se aproximou um pouco e tocou a alça para analisar. Seus dedos encostaram em meu ombro, e um frenesi tomou conta do meu corpo. Ele recolheu a mão em resposta, e eu bufei.

— Como foi que a gente chegou nesse ponto de sermos completos estranhos um para o outro? — perguntei.

Ele levantou as sobrancelhas, assustado com o assunto repentino.

— Quando viramos ex-namorados? — retrucou ele depois de conseguir se recompor.

Sua fala me encheu de culpa. Eu havia criado toda aquela situação entre nós puramente por não saber lidar com meus sentimentos. Não só rompi uma relação que me fazia bem, como afastei qualquer tentativa de retomada da parte de Leo, fazendo ambos sofrerem por medo das piores projeções que meu cérebro inventou.

— Desculpa, eu destruí a gente, Leo.

Minha fala foi responsável por mais um sobressalto em seu semblante e, embora tivesse noção de que não havia começado o assunto do jeito mais suave, não podia mais recuar. Eu havia esperado demais para me redimir, tinha que aproveitar que finalmente consegui fazer com que as palavras saíssem.

— Tô há dias tentando pensar em como te dizer as coisas certas. Meus alunos me fizeram perceber que... que *talvez* eu não seja muito boa em demonstrar sentimentos.

— Talvez? — ele debochou.

— Ok, ok. — Ergui as mãos, rendida.

Ele refletiu por alguns segundos em silêncio, parecendo organizar os pensamentos.

— De todas as coisas que você poderia me dizer agora, tem uma que me assombra diariamente. Eu preciso saber, Jut: por que o nosso namoro acabou?

Leo tinha as sobrancelhas unidas em uma expressão de tristeza e expectativa. Obviamente o tema o afetava, mas entendi que era a oportunidade de enfim me fazer a pergunta que guardava havia meses. Ver o sofrimento estampado em seu rosto foi um golpe; como pude fazê-lo sofrer tanto?

— Meu palpite era que você tinha se apaixonado por outra pessoa. Foi o que deu a entender — ele emendou.

— Nunca dei a entender isso — respondi, confusa. — Eu disse que queríamos coisas diferentes naquele momento.

— E o que eu queria que você não queria?

— Casamento...?

Leo pareceu confuso a princípio, e então ficou de queixo caído conforme processava a palavra.

— Meu Deus, você terminou comigo por que eu sugeri que podíamos morar juntos?

Fechei os olhos, me lembrando daquele dia fatídico.

— Eu estava tão confusa, Leo, tão cheia de interrogações. Tinha tanta coisa acontecendo na minha vida profissional depois do primeiro ano na escola e você me pedir pra assumir um compromisso desses ao mesmo tempo me pareceu impossível. No meio do caos, passou pela minha cabeça que o término podia ser a solução. Achei que isso evitaria todo o drama e sofrimento.

— O drama de duas pessoas adultas sentando para conversar e estabelecer de que forma desejam se relacionar?

— Não é tão simples assim.

— Então me explica a complexidade.

— Eu nunca tinha me apaixonado por ninguém, Leo. Nunca tinha experimentado algo tão irracional e fora do meu controle e, ao mesmo tempo, eu me sentia mal por não saber como demonstrar isso. Depois vieram todas as questões de dividir a vida com alguém e a ameaça de perder a minha liberdade e o meu espaço para pensar no que eu queria pra minha vida, e isso me assustou.

— Não sabia que você se sentia presa no nosso relacionamento.

— Não é isso que quero dizer.

— Mas é o que estou entendendo.

Suspirei ao perceber que ambos havíamos nos alterado — tinha sido precisamente isso que tentei evitar, mas agora tudo parecia ter sido potencializado pelo tempo que passamos remoendo aqueles sentimentos.

— Eu não soube lidar com os rumos do nosso namoro e da minha vida e, em vez de conversar com você, fugi. Foi imaturo, eu sei, e é por isso que estou tentando me desculpar.

— Todos esses meses repassando tudo o que poderia ter te causado tanto mal a ponto de ter me bloqueado nas redes sociais...

— Leo...

— Não, olha, sinceramente, não teria mesmo como dar certo, Julieta. Eu prezo muito pela comunicação. Ainda que com atraso, foi bom entender que esse foi o problema. Se você precisar de algum ajuste no vestido, a Joana vai te ajudar.

Ele saiu do camarim, deixando evidente o quanto estava chateado. Era como se revivêssemos o dia do nosso término, mas dessa vez eu sentia como se tivéssemos dado com o último prego no caixão.

* * *

— Filha, já estou olhando a melhor data pra nossa viagem à África do Sul, vai ser incrível! — mami falou, empolgada, enquanto eu me vestia para a festa no camarim.

Leo e eu ainda não tínhamos desmentido a história do namoro. Eu nem tinha parado para pensar em como fazer isso, estive ocupada demais refletindo sobre nossa última conversa. Além do mais, minhas mães estavam tão harmonizadas que parecia um crime dizer qualquer coisa que afetasse o clima.

— Ai, minha nossa! — mamãe exclamou, admirada, interrompendo a conversa da viagem quando viu meu reflexo no espelho e resolvendo meu problema por ora. — Desde a época em que o Leo era estagiário, eu sabia que esse menino seria o ouro da casa.

— O futuro do Marcata está a salvo com os dois! — mami concordou, alegre, e senti uma pontada no coração.

Eu tinha que contar a verdade.

— Então, eu preciso contar uma coisa.

— Meu amor, pode ser depois? Nós também precisamos fazer a última prova dos vestidos e as maquiadoras já chegaram pra nos arrumar. Inclusive elas podiam começar com você, que não precisa de nenhum ajuste na roupa.

As duas começaram a tagarelar sobre os preparativos, e eu desisti de contar a verdade. Elas eram as estrelas, afinal. Seria injusto estragar tudo desse jeito.

A maquiadora me mostrou uma série de sombras, blushes, batons e sei lá o quê. A única coisa que importava para mim era o tom da base que ela aplicaria, pois já tinha passado muita raiva com maquiadores tentando clarear meu tom de pele ou afinar meu nariz. Mas minhas mães não ousariam selecionar profissionais que fizessem algo assim, de modo que relaxei quando a moça, também negra, foi no tom certo.

Não vi o tempo passar porque eu só pensava na última conversa com Leo, que se repetia em *looping* em minha mente. Eu não conseguia decidir se me sentia mais culpada pela imaturidade do término ou por ter permitido que nos reaproximássemos agora. O que eu deveria fazer? Me fechar mais ou tentar recuperar meu relacionamento?

Na minha cabeça, o lado racional e o emocional brigavam, me fazendo acreditar que qualquer alternativa tinha grande potencial para nos machucar.

— Pronto, veja se quer algo mais — a maquiadora girou minha cadeira, permitindo que eu visse meu reflexo no espelho.

— Nossa… — foi o que consegui dizer. — Obrigada.

As pessoas viviam me dizendo que eu era "bonita de rosto", sugerindo que eu emagrecesse para ficar completamente bonita. Por muito tempo acreditei nessa falácia, mas ali, vendo meu rosto junto com meu corpo gordo sendo valorizado pelo vestido desenhado por Leo, eu tive certeza de que não precisava de nada para ser bonita por inteiro.

Assim que entrei no salão, meus olhos vagaram pelo ambiente à procura de Leo. Era muito ruim ter a sensação de que o havia perdido, mesmo sabendo que não tinha o menor direito de me sentir assim. A verdade é que no fundo eu sabia que merecia aquilo. Não havia valorizado Leo e desisti do nosso relacionamento no primeiro minuto de insegurança. Passei meses me esforçando para calar aquela voz que insistia em dizer que sentia falta dele, e foi só passarmos um tempo juntos que eu percebi que, sim, ele ainda mexia comigo.

Não importava o quanto tentasse, não conseguia encontrá-lo; o salão era enorme e várias pessoas me paravam para falar do meu vestido, meu cabelo, minha maquiagem ou dizer que eu era igual a uma das minhas mães. Eu tentava sorrir e acenar, mantendo a pose.

Balancei a cabeça em desistência quando anunciaram o desfile e precisamos nos acomodar nas cadeiras em frente à passarela. As modelos surgiram com a nova coleção do Marcata, enquanto jornalistas faziam anotações, fotógrafos registravam cada passo e eu sorria, orgulhosa, ao ver a alegria das duas ao meu lado. Eu estava genuinamente admirada e me ocorreu que Leo estava certo em todas as nossas discussões: moda era muito mais do que o senso comum ou "imposição de regras". Só naquela passarela, minhas mães tinham conseguido quebrar um incontável número de padrões sociais ao colocar a própria visão de mundo em seu trabalho. Me virei para ver o rosto das duas, mas meus olhos acidentalmente (ou não) encontraram Leo a algumas cadeiras além delas. Eu queria muito encontrá-lo, mas não pude evitar a pontada no peito na mesma hora em que o vi.

— Tá tudo incrível! — cochichei para elas, tentando tirar Leonardo da minha mente.

— Eu acho que sim — mami respondeu, nervosa, mas sem conseguir esconder o sorrisinho orgulhoso.

Ao fim do desfile, as duas subiram na passarela com a Paulinha para agradecer a presença e discursar sobre a coleção e o Ateliê.

— Durante a nossa vida, o mundo da moda fechou as portas para nós muitas vezes, então não tivemos outra opção senão criar o nosso próprio espaço. Não queremos que outras pessoas se sintam assim. Agradecemos a Paulinha, por ser nosso braço direito, e a toda a equipe pelo trabalho incrível! E, claro, obrigada a todos que vieram prestigiar nossa nova coleção! E agora, vamos celebrar! — mami encerrou o discurso e depois encarou mamãe, que sorriu em concordância.

 Elas deram as mãos, e eu não contive a felicidade. Qual tinha sido o milagre que juntou as duas outra vez? Eu não conseguia acreditar que tinha sido apenas por eu e Leo "termos voltado". Havia algo a mais.

 — Quando vocês vão me contar que finalmente voltaram? — perguntei mais tarde, depois que milhares de pessoas que se aglomeraram em volta delas cederam algum espaço.

 — Nós não voltamos. — Mamãe cruzou os braços.

 — Estamos nos conhecendo ainda. — Mami entrou na onda.

 As duas se encararam com um sorriso travesso, e eu revirei os olhos com tanta bobagem.

 — Sabe, minha filha — mami começou a falar e pegou minhas mãos, se certificando de que eu prestava atenção —, quando a gente ama alguém, não dá para perder tempo. Você é nova, talvez ache que tem o resto da eternidade, mas qual o sentido de se privar da companhia de alguém que corresponde aos seus sentimentos?

 Eu sabia que ela estava falando de si, não tinha como mami saber o que acontecia entre mim e Leo, mas pareceu tão perfeito que até me surpreendi. Encarei o rosto apaixonado de mamãe e mais uma vez tive a certeza de que elas eram o melhor casal do mundo.

 — Às vezes aparece um ou outro empecilho, mas…

 — Às vezes vários — mamãe interrompeu, e eu soltei uma risada.

— Cata! — Mami fuzilou-a com o olhar, de brincadeira, e depois se voltou para mim. — Se tiver que ser, será. Mas não custa dar um empurrãozinho.

Mamãe riu e beijou os lábios de mami, como que para compensar a brincadeira.

— Vocês são tudo pra mim, sabia? — Me aproximei das duas e as abracei.

Enquanto recebia o afeto de volta, vi que atrás de nós havia mais gente esperando para conseguir um minuto de atenção delas. Encerrei nosso momento família, abrindo espaço para as pessoas.

— Agora acho melhor deixar as duas fazendo *networking*.

Elas me sopraram um beijo e eu me afastei, olhando em volta e tentando pensar no que fazer. Do outro lado do salão, vi Leo rindo com uma mulher de vestido amarelo que eu nunca tinha visto no Marcata, e meu coração disparou quando a ideia de que eles estavam juntos me ocorreu. Decidi fazer o que qualquer pessoa madura faria nessa situação: beber. O primeiro garçom que passou por mim me deu uma taça de espumante, que bebi em aproximadamente dois minutos. Em seguida, fui atrás de algo mais forte; aparentemente eu ia precisar se quisesse sobreviver àquela festa.

Uma hora depois, apesar de o álcool ter me deixado um pouco menos rabugenta, eu tinha a sensação de que estava ali havia um dia inteiro. Já tinha avistado o garçom que me traria o próximo drinque, quando um dos funcionários do Marcata se aproximou de mim.

— Dona Marta e dona Catarina me pediram para acompanhar a senhorita até o camarim, elas querem fazer um brinde de comemoração mais intimista.

— Ah, claro! — respondi de imediato, contente demais por ter algo para ocupar meu tempo e, de quebra, conseguir sair do meio da festa.

Segui o funcionário até chegar na sala ampla, cheia de espelhos, luzes, roupas e maquiagens em que nos arrumamos. No canto havia uma mesa com taças e um espumante dentro de um balde com gelo.

— Elas já vêm — o funcionário disse antes de se retirar.

Agradeci e procurei um lugar para aguardar. Me sentei em um sofá mais confortável que a minha cama. Ou talvez o álcool já estivesse produzindo o efeito de deixar meu tato sensível.

— Oi... — Leo disse, sem jeito, ao entrar na sala.

Me ergui do sofá por impulso quando escutei sua voz, sem conseguir esconder que não o esperava ali. Leo estava encantador com aqueles suspensórios; eram autênticos como ele.

— Parece que suas mães queriam... hmmm... fazer um... brinde — ele disse de um jeito desconfortável. Leo mal conseguia colocar os olhos em mim.

— Sim, também tô esperando.

— Ótimo.

Ele desviou sua atenção para o ambiente, parecendo avaliar cada centímetro. Qualquer coisa parecia melhor do que me encarar. Eu não sabia o que fazer com as mãos.

— Seu vestido foi bastante elogiado — tentei puxar algum assunto.

— Que bom. — Leo abriu um esboço de sorriso sem graça.

— Você sempre teve bom gosto pra tudo. Eu tô aqui pra provar isso — falei, nada modesta, mesmo sabendo que se estivesse completamente sóbria jamais teria soltado algo assim. — E a sua nova namorada também é bem bonita.

Finalmente conquistei a atenção dele. Seu rosto se virou para mim instantaneamente, as sobrancelhas franzidas.

— Namorada?

— Bom, eu não sei qual o status da relação... Quis dizer a sua acompanhante. O vestido amarelo ficou ótimo nela.

Leo começou a rir na mesma hora e eu fiquei ali parada, mais confusa do que nunca.

— Ela é minha prima de São Paulo. Começou a cursar moda e me pediu para trazê-la hoje, já que estava em BH.

Eu podia ter dormido sem essa.

— Ah! — Arfei, sem graça. — Então beleza é de família mesmo — joguei a cantada ruim na tentativa de compensar a bola fora.

— Você tá... diferente. — Ele me encarou como se pudesse fazer um raio X em mim e descobrir a origem do meu comportamento. — Já tá bêbada antes mesmo do brinde?

— Bêbada não, levemente desinibida.

— Você nesse estágio me faz lembrar de quando nos conhecemos — ele falou, baixando a guarda por um segundo e depois tentando se recuperar.

— O dia fatídico em que descobri que me chamam de "herdeira" pelas costas. Eu odeio isso.

— Eu amo isso.

— Eu amo você.

A expressão de Leo, que indicava uma leve diversão ao se lembrar do episódio, se desfez. Seu rosto era puro choque com o que eu tinha acabado de soltar.

— Desculpa — emendei assim que percebi o que tinha dito em voz alta. — Você deixou bem explícito lá no Ateliê que nós não... hmmm... Eu não deveria ter falado isso.

— Ok, o que tinha nessa bebida? — Leo tentou escapar pelo humor, como sempre fazia, mas dessa vez não havia surtido qualquer efeito; seu rosto continuava entregando o choque.

— Nossa última conversa me deixou muito pensativa e você tem razão, comunicar meus sentimentos é o meu maior ponto fraco. Prefiro a morte a ter que fazer isso. Não foi à toa que te disse essa frase tão poucas vezes, mas eu...

— Quatro.

— Han?

— O número de vezes que você disse que me amava. Agora cinco, mas tô na dúvida se vale.

— Vale — falei, apressada, para que Leo não duvidasse mais do que eu sentia. — Vale muito.

Ele não conseguiu esconder a alegria e deixou escapar um sorriso.

— E qual foi a razão desse *insight*? — Seu semblante se tornou desconfiado de repente.

— Ora, você me deu o maior sermão outro dia sobre parar um pouco de focar nos outros e olhar pra mim. Aí eu acabei nessa. E nós passamos mais tempo juntos do que o considerado seguro, não tinha saída.

— Considerado por quem? — Ele deu um passo em minha direção.

— Pelo meu subconsciente, que não queria lidar com os meus sentimentos.

— Por que você não diz logo que não consegue mais resistir aos meus encantos? — Leo passou as mãos no cabelo com um ar presunçoso enquanto se aproximava, e eu revirei os olhos.

— Em outras palavras, sim, acredito que tenha sido o que eu disse — falei, me arrependendo no mesmo segundo de ter alimentado seu ego.

— Gostaria de ouvir as palavras exatas, já que estamos trabalhando o tópico da comunicação.

Ele abriu um sorriso e mordeu o lábio, sabendo que estava ousando demais. Eu relaxei um pouco e comecei a entrar no jogo.

— Esse é o máximo que vai conseguir de mim, Leonardo — rebati, cruzando os braços e fazendo um bico.

Ele exibiu uma expressão divertida e deu mais um passo à frente.

— Passei todo esse tempo acreditando que você fazia um esforço enorme para estar comigo, que talvez preferisse o divórcio das suas mães à intensa convivência que travamos e que eu não tinha mais a menor chance com você. Como você fazia o caminho oposto e eu não percebi?

— Sou boa em não demonstrar o que sinto. — Ergui o ombro e sorri, dando razão a ele, mesmo que a contragosto. Aquela era uma característica nata, eu não tinha culpa.

— Eu sei, mas confesso que estou impressionado.

— Por favor, me desculpa por ter feito você sofrer — eu disse, voltando a ficar séria. — Se serve de consolo, eu também estava sofrendo.

— Não serve.

— E o que te consolaria?

Foi a minha vez de me aproximar e acabar de vez com a distância entre nós. Dali era possível sentir o perfume inigualável de Leo, que me fazia falta todos os dias.

— Você vai ter que me surpreender, o que pra você não é nenhum desafio.

— E se eu fizer algo óbvio? — cochichei enquanto encarava seus lábios descaradamente.

Não havia a menor dúvida do que eu me preparava para fazer. O que deveria ter feito há tempos.

— Vai me surpreender de todo jeito, já que detesta tanto o óbvio. Não faz parte do seu arquétipo — ele respondeu, fitando minha boca também.

— Olha, a gente precisa conversar sobre esses ataques disfarçados de astrologia — rebati, passando a mão em volta do seu pescoço.

— Discordo. Nesse momento, o que a gente precisa mesmo é *parar* de conversar — Leo disse em um sussurro e eu colei nossos lábios, deixando meu corpo em êxtase.

Quando nossas bocas se abriram, sua língua se tornou urgente e pareceu dançar ao se unir à minha. Havia ali uma excitação misturada à saudade, e eu me dei conta de que precisava do toque de Leo mais do que imaginava. Todas as barreiras que criei para os meus sentimentos foram quebradas de uma só vez e aquele mar de desejo represado inundou meu corpo. Como pude tentar me enganar por tanto tempo se cada uma de minhas células implorava por ele com tanta eloquência?

Mordi seu pescoço e Leo deixou escapar um gemido enquanto descia uma alça do meu vestido e acariciava meus seios. Joguei a cabeça para trás, me lembrando do prazer que sentia quando ele me tocava e percebendo que eu precisava de mais. Não ficaria satisfeita até que passássemos horas compensando o tempo perdido. Mas quando ouvi de longe uma risada conhecida se aproximando no corredor, senti como se fizesse um pouso forçado na realidade. Meus olhos voaram para o espumante na mesa e a porta aberta ao lado, e lembrei o que tinha ido fazer ali.

— Minhas mães — falei, apressada enquanto ajeitava o vestido.

As duas irromperam no camarim e não tive tempo de ajeitar meu cabelo ou avisar que metade do meu batom estava na boca de Leo.

— Hmmm — mamãe comentou quando olhou para nós dois.

— Que interessante essa cor na sua boca, Leonardo! Dá um ar irreverente, é algum conceito que está testando pra próxima coleção? — Mami caprichou no ar irônico, e eu coloquei a mão no rosto para rir.

Enquanto isso, Leo parecia querer cavar um buraco e pular dentro.

— Então, a gente precisa contar uma coisa pra vocês — decidi falar para desviar o assunto e poder enfim colocar as cartas na mesa.

Encarei Leo, que tentava tirar o vermelho da boca discretamente, e depois me virei para as duas, que esperavam para ouvir o que eu tinha a dizer.

— Eu e o Leo não estávamos... quero dizer, não estamos namorado de verdade.

— Gostava mais do "estávamos" — ele comentou baixinho e eu ri.

— A gente sabe — elas disseram em coro, e eu me choquei.

— Como assim?

— Meus amores, vocês precisam entender que nada acontece naquele Ateliê sem que nós duas tomemos conhecimento — mami disse, orgulhosa.

— Bom, nós namoramos por meses antes de vocês saberem — respondi na tentativa de destruir sua soberba.

— Exceções comprovam a regra. — Mami ergueu um dedo, seu jeito não verbal de repreender a minha ousadia.

— Como vocês souberam?

— Eu ouvi o Leonardo falando ao telefone com você na segunda passada, um dia antes do nosso almoço — mamãe disse.

— E por que continuaram fingindo que acreditavam no namoro falso? — eu quis saber.

— Porque a gente queria que se transformasse em realidade, então nos unimos pra fazer acontecer — mami respondeu como se fosse óbvio.

— Calma aí... — Leo interveio, rindo. — Então vocês se juntaram pra transformar em realidade um namoro falso que começou justamente pra unir vocês duas?

Elas deixaram um sorriso vaidoso escapar, percebendo que tínhamos entendido a genialidade do plano das duas.

— Mas calma, isso significa que a reconciliação de vocês é falsa?

— No início, sim... — mamãe disse, encarando o chão.

Gargalhei com a frase que tinha ficado no ar. Aquilo era inacreditável!

— Então, mesmo que de um jeito torto, nossos esforços surtiram efeito — argumentei, vitoriosa.

— E os nossos também — mami apontou para si e para mamãe.

— Ah tá, e o que vocês fizeram? — respondi, levando a mão à cintura.

— Colocamos Leonardo responsável pelo seu vestido, obrigando-os a passar tempo juntos, te demos conselhos e pedimos pra chamar vocês dois até aqui bem antes da hora.

— E pelo visto até passamos do tempo. Se demorássemos mais um minuto, só Deus sabe o que aconteceria nesse camarim.

— Mami mordeu a língua depois de fazer a piada, e eu senti Leo ficar tenso ao meu lado.

— Mami, limites.

— O que eu posso fazer?! — Ela ergueu as mãos com um semblante travesso. — Quero meus quatro netos, mas não precisa ser agora.

— Chega! — Bati as mãos, tentando encerrar o assunto.

Fui até a mesa, peguei um guardanapo e ofereci a Leo para que pudesse limpar os lábios direito. Em seguida, servi as taças de espumante.

— Vamos brindar? Não foi pra isso que viemos aqui?

— Não exatamente — mamãe foi sincera e as duas continuaram rindo.

— Parabéns pela nova coleção, ficou incrível! — exclamei, fingindo que não tinha escutado e entregando uma taça a cada um.

— Ao futuro do Marcata! — Mami sorriu com uma expressão zombeteira, e eu balancei a cabeça, embora compartilhasse da alegria das duas.

— Aos reencontros e segundas chances! — Leo falou depois que limpou o batom borrado, recuperando sua dignidade (ou pelo menos tentando).

— À nossa família, que vai celebrar tudo isso na África do Sul! — Mamãe soprou um beijo a mami, e eu achei graça.

Olhei para Leo, que sorria satisfeito com aquele momento, e lhe dei uma piscadinha. Quis repetir que o amava, mas não era como se eu tivesse me transformado na pessoa mais aberta do mundo de uma hora para outra. Eu tinha dito minutos antes, já estava suficiente por enquanto.

— Eu também te amo — Leo sibilou para mim, e eu fiquei surpresa.

Ele tinha lido meus pensamentos? Estava estampado na minha cara? Qualquer que fosse a resposta, fiquei feliz por saber que, de algum modo, consegui comunicar o que sentia. E dali para a frente eu daria um jeito de encontrar formas de dizê-lo todos os dias.

Duas de mim

Por Olívia Pilar

1

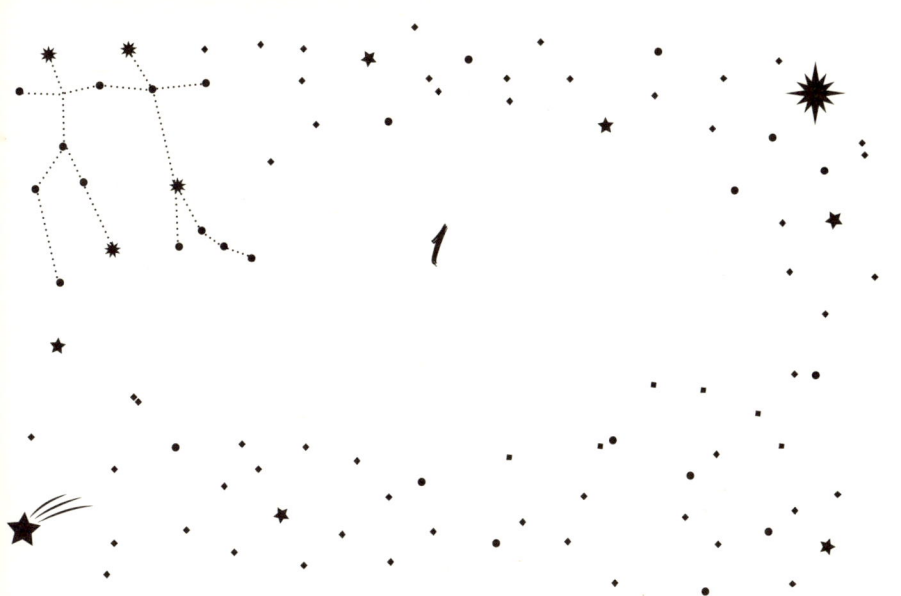

Tirei os fones de ouvido quando percebi os olhares atentos de minha irmã e seu namorado em minha direção. Enquanto a aula gravada de um curso de fotografia, que eu tinha recém-adquirido, rodava na tela do computador, suspirei ao perceber que seria mais uma daquelas conversas.

— O que foi?

— Você começou mais um curso? — perguntou o Pedro, com uma expressão quase de pena.

Eu sabia que eles haviam ensaiado aquela provável intervenção porque meu cunhado tinha as bochechas vermelhas como um pimentão. Sua pele, muito branca, era o contraste perfeito com a de minha irmã, bem mais preta que a minha.

Ela tinha puxado nosso pai, com seu cabelo mais grosso e a pele escura. Eu, a cópia esculpida de minha mãe, com um tom de pele mais claro e puxado para o marrom.

— De fotografia...

— Tati! — protestou Renata. — Esse já é o quarto curso que você começa nos últimos seis meses.

— E qual o problema? — falei de forma pausada.

Eu buscava entender onde estava o fator negativo em me interessar por muitas coisas. Em, literalmente, fazer cursos e querer aprender mais.

— Você realmente precisa de todos esses conhecimentos?

Minha irmã puxou um cacho perto da nuca e começou a enrolá-lo. Eu senti um impulso de fazer o mesmo, mas lembrei que ainda estava de tranças compridas, que seriam tiradas essa semana.

Seria minha terceira mudança no visual desde que Ana me dera um belo pé na bunda. De um cabelo longo, abaixo da linha dos seios, do tamanho do de Renata, para um bem curtinho quase raspado, até chegar nas tranças. Em seguida, eu ficaria com o cabelo ao natural de novo.

— Sim? — perguntei de uma forma que não deixasse dúvidas de que eu estava certa.

— Eu disse que ela não ia ver problema nisso — resmungou Pedro, voltando as costas para o sofá. — Típica geminiana que acha que é normal se enfiar de cabeça em mil coisas.

— Isso de signo de novo, Pedrinho? — comentei, debochada.

Meu cunhado bufou, aumentou o volume da televisão e cruzou os braços. Pedro gostava de tudo que envolvesse astrologia desde criança. Renata contou, em segredo, que ele começou a estudar para entender melhor a quase separação dos pais. É divertido ouvir suas teorias sobre o comportamento das pessoas, mas não quando ele fica me analisando por essas lentes.

Eu ainda podia sentir o olhar de Renata, mas não tinha tempo para aquilo. O curso de fotografia venceria em dois dias e eu não tinha chegado nem na metade.

Há quatro meses tinha comprado um pacote com vários cursos on-line e esqueci completamente disso.

— Tati... estamos preocupados com você.

— Eu estou bem, Renata — respondi com confiança, dessa vez pausando o vídeo. — Você sabe que eu sempre fiz muitos cursos.

— Sim, mas um curso de artesanato de flores em EVA?

— Eu acho elas bonitas, e pode me ajudar na faculdade — usei a cartada do curso de Moda, que destruiria qualquer argumento.

Estava enganada.

— Primeiros socorros? — Pedro perguntou, olhando para mim com o corpo curvado.

— A gente sempre pode se deparar com uma situação de emergência...

— Pintura?

— O que posso dizer? Eu sou artista!

— Sim, estamos todo dia esbarrando em uma de suas obras... — essa foi Renata, apontando para um canto da sala onde estavam umas quatro caixas com minhas tentativas de ser uma grande pintora.

— Isso sem falar que são todos on-line... — Pedro completou.

— O que tem serem on-line? São mais baratos e nem preciso sair de casa e conviver com pessoas — meu tom denunciava que aquela conversa já estava começando a me irritar.

— É exatamente essa a questão, Tati! Vocês terminaram há seis meses e desde então tudo o que você tem feito são cursos e mais cursos. Da faculdade pra casa, de casa para a tela do computador para estudar mais.

— Que mentira! Eu estou andando de bicicleta na Lagoa da Pampulha.

Eu tinha plena consciência de que em minha resposta ignorei a parte do comentário de minha irmã sobre Ana. Era estranho falar sobre minha primeira e única namorada, que eu conheci na escola e com quem mantive um relacionamento por quase dois anos.

— Há uma semana! — meu cunhado disse, nervoso, passando as mãos pelo cabelo curto.

— E daí?

— E daí que achamos que você criou um mundo próprio.

— Nós concordamos que você sempre gostou de estudar de tudo, como uma boa geminiana.

— Lá vem...

— Mas... — Pedro fingiu não ver minha interrupção — achamos que você está em negação em relação ao término, fazendo mais cursos que o normal e se fechando para todas as pessoas do mundo.

— O que é estranho para você, que sempre gostou de conversar até com estranhos na fila do banco — minha irmã completou.

Eles faziam muito isso, de terminar a frase um do outro. Sempre achei fofo, mas desde que começaram com pequenas, mas frequentes intervenções, passei a achar muito chato. Mesmo sabendo que naquela altura do campeonato, seria impossível mudar a rotina de um casal que namora desde o ensino médio e praticamente mora junto. Mesmo que Pedro jure, quase todos os dias, que não mora com a gente.

Sua escova de dentes no banheiro e os cinco dias por semana que ele dorme aqui dizem o contrário.

— Eu só não estou com vontade de conhecer ninguém...

Soltei pela primeira vez uma verdade que eu escondia até de mim.

Foi com Ana que me compreendi bissexual, foram com ela quase todas as minhas primeiras vezes. Era difícil me colocar pra jogo e buscar isso em outras pessoas.

— Não estamos dizendo para você começar a namorar amanhã, Tati — Pedro falou mais sério do que o normal, e a pequena linha entre suas sobrancelhas era o sinal de que ele realmente estava preocupado.

— Só achamos que está na hora de você sair um pouco desse mundo que criou.

Suspirei. Eles estavam certos, mas eu não admitiria em voz alta. Não que eu quisesse namorar alguém.

Mas eu sentia falta de conversar com gente que eu não conhecia. Renata e Pedro eram muito legais e eu os amava, mas estava cansada até mesmo de me enfiar em suas maratonas de séries de serial killer, que eu adoro.

— E o que vocês sugerem? — Tirei os óculos, limpei as lentes na barra da camisa do pijama e coloquei de novo. — Porque estou com zero disposição de me jogar na noite belo-horizontina.

Renata e Pedro trocaram um olhar rápido, e eu soube na hora que eles tinham ensaiado uma resposta. E soube que toda aquela conversa tinha, finalmente, saído como eles queriam.

— E se a gente... — começou Renata.

— Trouxesse as pessoas até você? — completou Pedro.

Ambos tinham sorrisos nos lábios e estavam quase caindo do sofá de nossa sala enquanto tentavam se virar para a minha mesa. Seria uma cena engraçada, se não fosse minha vida em jogo.

— Não! — protestei.

Nem a pau que eu aceitaria participar de um encontro às cegas.

— A gente promete que serão pessoas ótimas! — minha irmã falou, sem perder a expressão animada.

— E a Renata já fez uma lista... capricornianos. — Pedro disse a última palavra bem baixinho.

— Com a sua ajuda! — ela respondeu, lançando um olhar todo apaixonado para seu namorado de longa data.

Eu olhei de um para o outro, ambos muito empolgados. Sabia que se não aceitasse esse plano, outro viria. E depois outro. E eles nunca se cansariam porque é assim que Renata e Pedro são.

— Não existe a menor possibilidade de vocês desistirem, né?

Os dois fizeram que não, com sorrisos ainda maiores para mim. Pedro tinha até apoiado o queixo nas mãos, numa pose sonhadora. Renata mantinha uma postura mais contida. Minha irmã sempre muito adulta para seus vinte e dois anos.

— Me contem melhor esse plano… — falei, baixinho, e os dois comemoraram com um toca-aqui nada discreto.

— Já fizemos uma lista…

— Mas não vamos revelar a quantidade de nomes… — Pedro disse.

— Você tem que se encontrar com no mínimo três pessoas.

— Quando isso virou um jogo? — perguntei, sentindo meu corpo também mostrar certa animação.

Eu era conhecida na minha família como a garota dos jogos. De adivinhação, de mímica, de perguntas e respostas. De tabuleiro, de computador… todo e qualquer jogo me interessava o suficiente para prender minha atenção por, pelo menos, um curto período. O que já era mais do que o esperado.

— Quando pensamos que isso ia te animar — Renata respondeu, sorrindo e me lançando uma piscadinha.

— Interessante… e o que mais? — virei minha cadeira para o sofá.

— Você não pode repetir o signo do encontro anterior — dessa vez foi Pedro, obviamente.

— A gente não tinha desistido disso? — minha irmã apontou.

— Tinha? — Pedro se fingiu de bobo.

Renata sorriu, mas murmurou um "tinha" para mim.

— E como vamos saber o signo das pessoas?

— Nós já sabemos, é claro — ele respondeu.

— Não que isso importe, porque nós desistimos da ideia de signos... — minha irmã completou.

— No meu coração, não.

Eu soltei uma risada e guardei para mim que, na minha opinião, os signos não seriam tão relevantes assim. Mas tinha certeza de que Pedro nunca me apresentaria ninguém sem saber, no mínimo, o mapa astral completo da pessoa. Não que ele fosse me contar detalhes, ele nunca revelava esse tipo de coisa. Acho que gostava de manter a privacidade dos outros ou, até mesmo, jogar para o destino.

Mas eu sabia pela cara dele quando algo não era muito positivo.

— Você fez o mapa astral de cada um?

— Não... — um bico se formou em seu rosto — Renata não deixou. Mas quero deixar, novamente, meu protesto de que isso facilitaria muito nossa vida.

— Rê, lembra quando papai achou bizarro que um estudante de educação física estivesse perguntando o horário e data de nascimento da nossa prima de terceiro grau? — comentei, relembrando um episódio que ainda era motivo de risadas em nossa família.

— Lembro, mas... — Renata disse, começando a rir — não mude de assunto!

— Ok, ok. — falei, esperando o resto do plano.

— Seu primeiro encontro será com a Camila... — Ela olhava para a tela do celular.

De forma instintiva olhei para meu cunhado, que tentava ao máximo não demonstrar nada. Mas a pequena ruga de preocupação tinha voltado.

— Ela é pisciana — Renata completou, de forma casual. — Só lendo o que está escrito aqui, não que tenha tanta importância. — Deu de ombros.

Pedro mordia os lábios, sem conseguir disfarçar.

— E faz psicologia comigo. Ela é linda e incrível, é minha aposta oficial!

Eu sorri com a animação da minha irmã. Sempre tão séria, era difícil vê-la demonstrar empolgação. Talvez a tal Camila fosse realmente interessante.

— E o que você acha, cunhadinho?

Pedro sorriu, gostava daquele apelido. Apesar de ser o namorado da minha irmã, nós tínhamos criado um laço forte. Éramos família, mesmo quando eu me irritava muito por encontrá-lo esparramado e dormindo no único sofá que tínhamos para eu assistir aos jogos de basquete da NBA.

— Ela é ótima, inteligente, bonita e talvez a única pessoa que sua irmã goste da faculdade.

Nós dois rimos.

Renata tinha tendência a enjoar muito rápido de pessoas com quem convivia no dia a dia. Em apenas três semanas já chegou dizendo que sua turma era a pior do mundo. Um mês para não ter mais paciência com ninguém do primeiro estágio. Dois encontros para trocar de psicóloga — foram cinco até ela parar com alguma, com quem já estava havia dois anos.

— Acho que vai ser... interessante — ele escolheu a palavra com cuidado.

Sua expressão, apesar de empolgada, não era exatamente o que eu imaginava. Se ele não apostava na Camila, eu já sabia bem o que eu poderia esperar da garota.

— E ela está ciente de toda essa... situação? — perguntei.

— Todos estão! — Renata respondeu. — São pessoas de confiança, que também querem conhecer alguém.

— E vocês têm certeza absoluta de que não esperam que eu comece a namorar nenhuma delas, certo?

— Certo — responderam juntos.

— E eles sabem que vocês estão encarando isso como um jogo? Com uma listinha cheia de informações sobre cada participante...

— Renata e Pedro olharam um para o outro.

Eu estava pronta para dizer que então não aceitava, não queria ficar conhecida como a garota que brinca com os outros; nunca fui nada disso.

— SIM! — quase gritaram, juntos, e começaram a rir.

Os dois podiam ser insistentes, mas nunca mentiriam para mim. Repassei tudo o que tinham me dito. Eu não precisaria namorar ninguém, teria poder de escolha sobre cada encontro, todos os envolvidos estavam de acordo com as condições. Não tinha nenhuma regra a não ser conversar com pessoas que eu não conhecia.

Eu estaria no controle de tudo que dizia respeito a mim. Ou quase tudo, já que eles tinham uma lista em mãos. Era um plano um pouco estranho, mas talvez fosse mesmo algo que ia me ajudar no momento. Eu sorri e me virei para o computador, a aula de fotografia ainda pausada. Agora, ela não parecia mais tão interessante.

— E quando a gente começa?

2

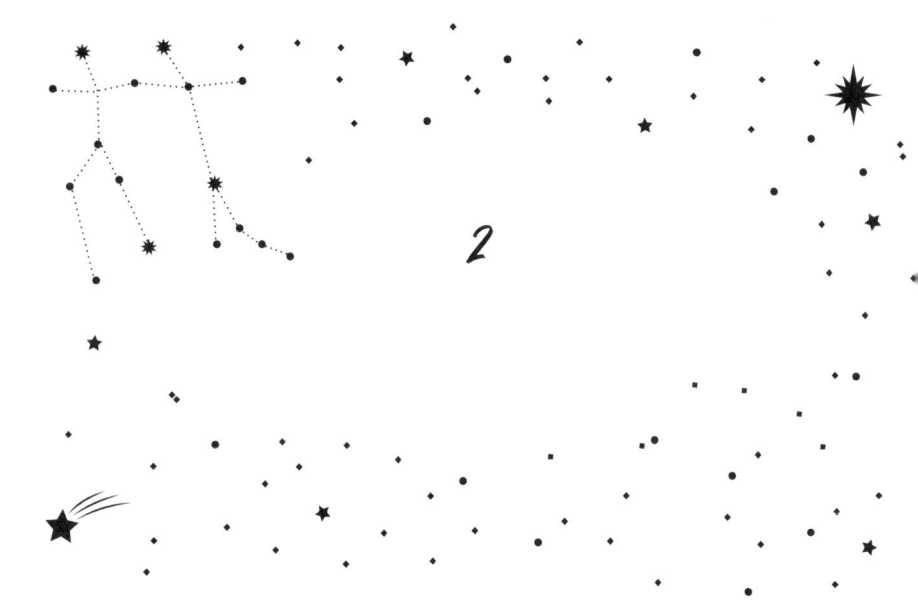

—**N**ão sei onde eu estava com a cabeça quando aceitei isso...
— Tati, é só uma noite de filme, relaxa aí — Pedro falou do outro lado da sala, enquanto arrumava a comida na mesa.

E, com comida, eu quero dizer pipoca, mil tipos de bala que ele amava e copos para refrigerante. Poderia ser uma festa de criança, mas eram quatro adultos se preparando para assistir a um filme de suspense.

No caso, ainda éramos só três.

— Ela está atrasada? — perguntei, já impaciente checando a hora no celular.

— Não... — Renata bufou.

Não era a primeira vez que ela respondia aquilo.

— Me diz de novo as razões para achar que isso é uma boa ideia?

— Você vai conhecer pessoas novas, coisa que você adora — ela começou.

— Vai poder conversar com alguém além de mim — Pedro acrescentou.

Nessa ele tinha exagerado. Eu também conversava muito com um dos porteiros do nosso prédio, com a moça do caixa da padaria e, claro, com minha irmã.

— Vai poder voltar a ir em encontros que não sejam na sua casa — Renata disse, com um tom não tão legal quanto antes.

Eu fiz uma careta. Tinha uma parte de mim que adorava sair de casa, ir a bares e restaurantes. Até mesmo as baladas de BH, que não eram muito meu forte, me encantavam. Mas desde que Ana, minha ex, tinha dito "acho que quero um pouco de calmaria", minha sede por novidades tinha mudado e eu não sabia explicar exatamente o motivo. Só não sentia tanta empolgação por pessoas ou lugares novos, preferia ficar procurando cursos ou rolando a página do navegador.

Um primeiro encontro dentro de casa não seria minha escolha alguns meses antes, se estivesse solteira. Mas agora era como eu me sentia segura. Ali era meu cantinho, ao lado das duas pessoas que eu mais amava no mundo, coisa que eu nunca iria admitir para o Pedro.

Mas talvez fosse justamente por isso que os dois estavam tão preocupados: eu não parecia mais a mesma.

— A Camila chegou! — Renata comemorou, largando o celular no sofá e indo para o interfone.

Eu não era de ficar nervosa ao conhecer pessoas novas. Inclusive, isso era uma das coisas que me definiam. Novos assuntos, novas curiosidades, novas informações. Tudo me deixava empolgada. Mas, por algum motivo, depois que vi a foto de Camila, uma leve ansiedade tomou conta de mim.

Eu poderia dizer que era por causa do olhar dela para a câmera, seu pequeno black power impecável ou a tatuagem de galhos no ombro. Mas, no fundo, sabia que a barreira estava em mim. Talvez fosse cedo demais para qualquer tentativa.

— Tati, Camila, Camila, Tati. — A voz da minha irmã me tirou dos meus pensamentos.

Camila me olhava com certa expectativa, e eu não demorei muito para reagir e cumprimentá-la com um beijo na bochecha. Se eu achava que sua beleza não era intimidadora, naquele momento percebi que estava enganada.

— Demorou para encontrar o endereço? — puxei assunto.

— Não, aqui no Centro é fácil — ela respondeu, olhando com atenção o apartamento.

Seu tom não era empolgado ou ríspido, era apenas… vazio. Camila parecia séria demais para o que eu estava esperando. Renata tinha me dito mil maravilhas sobre sua colega de faculdade e eu tinha me deixado levar por aquelas informações. Este é o grande problema das expectativas: quanto maiores elas são, maior é a queda.

— Ali temos pipoca e algumas outras coisas que o Pedro gosta. — Minha irmã apontou para a mesa no canto da sala. — E tem uma pizza no forno também!

A pizza tinha sido escolha de Renata, que achava que faltava uma comida mais vistosa e substancial.

Camila sorriu, tímida, e eu não consegui não fazer o mesmo. Ela era encantadora, mas algo me dizia que não estava no melhor dos humores.

— Então, vamos? — perguntei, me sentando no sofá com uma das vasilhas de pipoca.

Minha irmã e Pedro correram para o tapete, deixando Camila sem escolha a não ser sentar ao meu lado.

— Você gosta de filme de suspense, né? Renata tinha comentado que sim, mas não quis escolher um que desse muito medo porque não sabia se você gosta ou sei lá, não é todo mundo que...
— Senti um leve tapa na minha canela e parei de falar.

Eu tinha começado a falar sem parar e Camila já estava começando a me olhar daquele jeito atento, mas eu não conseguia decifrar se ela estava achando graça ou odiando. Nem todo mundo se acostumava ou era muito fã do meu jeito de disparar informações logo de cara, sem uma pausa entre as palavras.

— Enfim, escolhi esse daqui. — Selecionei o filme com o controle remoto e logo o título preencheu a tela.

— Parece legal — ela respondeu, um pouco mais relaxada.

Eu concordei e apertei o play. A vasilha de pipoca estava no meio do sofá, mantendo uma pequena distância entre nós duas, mas sem perceber nos aproximamos uma da outra ao tentar pegar a comida.

Senti nossas mãos se esbarrarem e, por instinto, acabei olhando para elas.

Ainda achava incrível como podíamos ter tantos tons de pele negra no Brasil. Se o meu tom já era escuro, ainda que com um fundo mais amarronzado e quente, o de Camila era algumas casas acima. Bem mais brilhante e tão belo que eu quase perdi as palavras.

Embora isso fosse impossível para uma geminiana, diria Pedro.

— Desculpa — falei, sem jeito.

Nossas mãos continuaram se tocando por mais alguns segundos, até que resolvemos afastá-las.

— Tá tudo bem, acontece... — a garota ao meu lado respondeu, ainda sem esboçar muita emoção.

Onde estava a Camila animada que Renata tinha falado?

— Será que ele matou a esposa? — perguntei, sem olhar para as pessoas ao meu redor.

— Começou... — ouvi Pedro cochichar para minha irmã, não tão baixo quanto ele imaginou.

— Eu acho que já sei quem é o assassino! — falei novamente depois de duas cenas — É o tio!

— Mas só tem dez minutos que o filme começou — Camila disse, olhando da tela para mim.

Era difícil saber se ela estava incomodada ou apenas intrigada comigo.

— Eu não consigo ver nada sem ficar tentando adivinhar o final — respondi, sorrindo para ela.

— Uau... Deve ser exaustivo.

E foi isso. Toda a minha vontade de conhecer Camila, saber mais sobre sua vida ou me aproximar, encolheu bem ali.

Ela não tinha sido grossa nem fez pouco caso do meu jeito, mas suas palavras me lembraram um pouco de meus últimos meses de namoro com Ana. E, juntando isso com sua evidente falta de animação por estar ali, eu murchei.

Acho que Camila percebeu, porque se remexeu ao meu lado algumas vezes. Reparei, com o canto do olho, sua boca abrir e fechar incontáveis vezes. Mas nenhuma outra conversa surgiu entre nós. E assim a noite acabou. Nós nos despedimos com um abraço mais frio do que eu pretendia, e, pouco depois, Renata e Pedro estavam me encarando, com expressões incompreensíveis.

— O que foi?

— Nós que perguntamos o que foi... O que aconteceu com você, Tati? — Renata disse, enquanto Pedro começava a limpar a mesa.

Era o jeito dele de não se meter em uma conversa que, pelo tom da minha irmã, poderia facilmente terminar em briga.

— Eu achei ela estranha... — Dei de ombros, arrumando o sofá, sem encarar Renata. — Muito calada, pouco animada.

— E desde quando isso é um problema pra você?

— Como assim?

— Gente, vocês acham q...

— Agora não, Pedro — interrompi meu cunhado. — Agora não porque eu quero saber o que minha irmã está evitando me dizer.

Pedro concordou e continuou a arrumar a mesa, mas sua postura denunciava que ele ouvia cada parte da nossa conversa. Renata, por outro lado, parecia ter se acalmado. Ela se sentou no sofá e deu três tapinhas ao seu lado para que eu a acompanhasse. E assim eu fiz.

— Tati, você sempre foi a pessoa que fala por dois. Não se importa muito de conversar com alguém mais calado, desde que você possa falar...

— Falando assim parece que eu sou uma pessoa horrível...

— Não, não é. Eu acho que é sempre muito difícil para qualquer pessoa mais calada compreender de cara sua personalidade, mas todo mundo acaba gostando de você porque a alma da festa está aí. — Ela apontou para mim.

— E o que isso tem a ver com Camila? — perguntei, sem entender aonde ela queria chegar.

— Ela não está passando por uma fase legal, mas eu sempre achei que vocês combinavam muito. Talvez eu estivesse errada, mas... — Minha irmã segurou minha mão e deu um apertãozinho. — Não deixa o medo de sair da zona de conforto que você criou nos últimos meses te impedir de conhecer outras pessoas.

Mordi o lábio e continuei olhando para minha irmã. Apenas três anos nos separavam, ela com seus vinte e dois e eu com meus recém-adquiridos dezenove. Mas se tinha algo que nos diferenciava era a maturidade. Renata, desde criança, tinha esse ar sábio. Essa voz calma e essa expressão, estampada em seu rosto nesse momento, que me diziam que eu podia confiar a minha vida a ela.

— Ela falou uma coisa que não gostei muito, mas acho que só estou um pouco…

— Machucada — Pedro completou.

Eu não tinha percebido que meu cunhado estava tão perto até ouvir sua voz e perceber que ele estava apoiado na parte de trás do sofá. Ele me olhava com carinho, mas atento. Se tinha uma segunda pessoa em quem eu podia confiar tudo, essa pessoa era Pedro.

— Nós sabemos, Tatinha… — ele disse, utilizando um apelido que eu detestava. Tati já era um apelido para Tatiana, Tatinha era algo inconcebível.

— Mas quem sabe conhecer pessoas novas não te ajude a abrir uma portinha para uma cura aí dentro? — minha irmã acrescentou.

Eu concordei com a cabeça, mas ainda não tinha tanta certeza disso. Pedro dizia que um relacionamento sério para um geminiano era, de fato, muito sério. E que o geminiano não era de engatar namoro após namoro.

Talvez venha daí uma certa fama de indecisa, da qual eu discordava por completo. *E por que eu estava pensando em signos? Será que meu cunhado tinha entrado em minha cabeça?*

— Quando é que vocês ficaram tão inteligentes?

— Você é que nunca nos valorizou — Pedro respondeu, apertando minha bochecha, gesto que foi recebido por uma careta minha.

Logo, voltamos a arrumar a sala até deixá-la do jeitinho de que minha irmã gostava. Aquele apartamento era um presente dos nossos pais porque, nas palavras deles, queriam que tivéssemos uma experiência completa da vida adulta. Mas isso fazia com que Renata não relaxasse um dia sequer. A casa tinha que ficar limpa como um hotel cinco estrelas.

— Tudo certo por aqui? — perguntei entre um bocejo e outro.

— Pode ir dormir, Tatinha...

Tentei não fazer mais uma careta para meu cunhado, mas foi inevitável. A sorte é que ele sempre levava numa boa e aceitou de bom grado meu abraço apertado. Até minha irmã, que não era tão fã de abraços, não resistiu a minha despedida da noite.

A caminho do quarto, ouvi Pedro falando:

— Eu disse que peixes não ia dar bom...

Resolvi não me apegar àquelas palavras. Às vezes não era para ser, mas ainda assim, deitada na cama, decidi olhar as redes sociais de Camila.

Ela não postava muito — ao contrário de mim, que estava on-line 24 horas por dia —, mas dava para ver alguns detalhes que pessoalmente eu tinha deixado passar batido. Ela tinha mais de um piercing nas orelhas, outra tatuagem no braço e se vestia muito bem. Nem percebi quando peguei no sono, mas nunca contaria para ninguém com quem eu tinha sonhado.

3

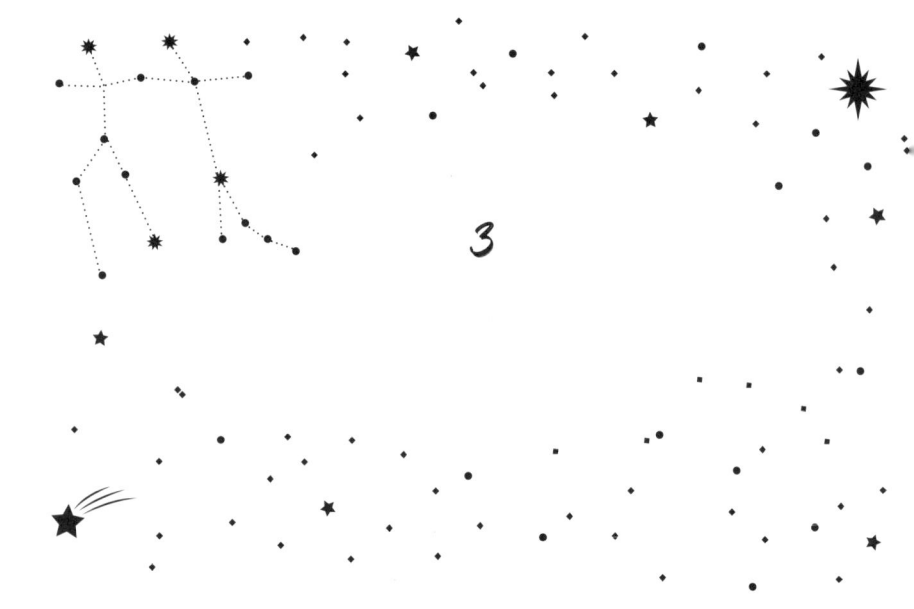

Por algum motivo que até eu desconheço, aceitei mais dois encontros arranjados por Renata e Pedro. O primeiro com Thiago, colega de turma do meu cunhado e parceiro do futebol das quartas.

Ele era bonito — alto, de pele escura e cabelo black power — e muito simpático com seu sorriso largo no rosto. Tínhamos algumas coisas em comum, como descobri tomando uma cerveja com ele num barzinho: ele também era bissexual e gostava de fazer cursos por fazer. Mas faltou algo. Talvez química. Não sei bem. Mas acho que ele também sentiu.

Não exclui o fato, entretanto, de que Thiago poderia se tornar um grande amigo. Nossa conversa durou horas e quase fechamos o bar. Senti que o conhecia havia anos.

E depois veio Tereza, uma conhecida do estágio do Pedro em um colégio particular de Belo Horizonte. Ele não tinha me contado seu signo, mas logo descobri quando mencionei, no encontro, a quase obsessão de meu cunhado. Era geminiana, como eu. Passamos uma tarde conversando sobre nossa vida, e, de novo, parecia que eu tinha encontrado uma nova amizade.

Quando saímos da lanchonete, depois de nos despedirmos com um abraço apertado e com nossas bocas manchadas de roxo pelo açaí, fiz uma nota mental de mandar uma mensagem para meu mais novo amigo dizendo que eu tinha a pessoa perfeita para apresentar a ele.

Eu não era exatamente romântica, mas imaginar dois pretinhos de black power caminhando de mãos dadas me empolgava. Quase pude ouvir minha mente gritando *Seria um sinal?*, mas balancei a cabeça deixando os pensamentos sumirem.

Estava achando toda aquela experiência inusitada, mas legal. E era quase um ataque ao meu orgulho saber que meu cunhado e minha irmã estavam certos, mas talvez fosse exatamente desse tipo de novidade que eu estava precisando. Não só conhecer outras pessoas, mas também sair um pouco de casa, andar pela cidade e comer comidas gostosas.

E, poucos dias depois, descobri que a experiência podia ser ainda mais surpreendente quando ouvi alguém me chamando. Eu estava na loja de aluguel de bicicletas concentrada demais na tentativa de me equipar com segurança.

— Tati?

Confesso que não reconheci a voz de primeira. Talvez porque da única vez que nos vimos, eu falei muito mais do que ouvi. Mas quando me virei, Camila me olhava tímida, mas sorrindo.

Eu sorri também, meio sem jeito. Belo Horizonte era realmente um ovo! Tenho certeza de que se tivéssemos combinado, não daria tão certo.

— Ei, Camila... tudo bem? — perguntei, me aproximando e a cumprimentando com um beijo na bochecha.

— Tudo... — seus olhos analisaram o lugar.

Percebi que ela teve que segurar o riso ao ver que eu estava toda enrolada tentando fechar a trava do capacete e ao mesmo tempo segurar a bicicleta que tinha acabado de alugar. Mas não comentou nada.

Acho que, depois do que aconteceu no nosso encontro, ela achou melhor guardar para si o que queria dizer.

— Sua irmã não contou que você andava de bicicleta por aqui...

— É um hobby recente, e — enfim fechei a trava do capacete, me segurando para não comemorar — ela não bota muita fé nos meus hobbies.

— Porque você tem muitos?

— Mais ou menos isso. Mas e você, vem sempre aqui?

No minuto em que a frase deixou meus lábios, eu quis me estapear. Não era uma cantada, eu realmente queria saber se ela ia muito na Lagoa da Pampulha ou se só tinha resolvido passear num sábado nublado.

— Sim... — Soltou uma risada baixa. — Eu ando de bicicleta aqui há uns dois anos! Não consigo vir toda semana, mas sempre que quero espairecer, estou aqui.

Reparei melhor em Camila. Ela vestia roupas de ginástica: short preto de lycra e camiseta. Mas ainda não tinha pegado nenhuma bicicleta.

— Eu tenho a minha, mas deixo aqui em vez de levar para casa. O dono é amigo do meu pai... — explicou, percebendo minha expressão confusa.

— Ah, que legal! — falei, empolgada, preferindo não notar que Camila tinha dito "pai" de um jeito sério e quase... raivoso.

— Bom, não vou mais segurar você — respondeu, já assumindo um tom de despedida.

E então eu soltei algo que nem sabia que estava pensando. Esse era o problema de pensar muitas coisas.

— Você quer ir comigo? Eu não sou profissional nem nada, mas acho que pode ser legal ter companhia.

— Tem certeza?

Eu tinha? Não, mas Camila já havia trocado mais palavras naquele encontro acidental na loja de bicicletas do que nas duas horas em que passara ao meu lado no sofá. E não é como se eu achasse que andar de bicicleta com alguém me atrapalharia de alguma forma.

Parecia até mais divertido.

— Tenho — respondi com firmeza.

Camila concordou com a cabeça e, quando dei por mim, ela já estava com a própria bicicleta e com os equipamentos de segurança. Um silêncio se instaurou entre nós enquanto olhávamos para a lagoa.

— Será que vamos encontrar com o jacaré? — Camila perguntou, e eu soltei uma risada alta.

Era de conhecimento geral do belo-horizontino que existia um jacaré vivendo na Lagoa da Pampulha, um dos pontos turísticos mais famosos da cidade, mas eu não conhecia ninguém que já tivesse, de fato, visto o bicho de perto.

Algumas reportagens sobre o animal ficaram famosas e muitos boatos sobre uma provável família do bicho rondavam a cidade.

— Espero que ele continue tranquilo... — falei, e foi a vez de Camila soltar uma gargalhada.

Eu olhava com atenção para a garota ao meu lado, seu sorriso largo, o cabelo dos sonhos e as tatuagens perfeitas.

— Vamos? — perguntei, agradecendo por ela ter quebrado o gelo.

— Sim... — começamos a caminhar ao lado das bicicletas em direção à pista exclusiva.

— Como eu não te vi em nenhuma das festas da Renata?

Eu e Camila montamos nas bicicletas, mas continuamos paradas esperando um grupo grande de pessoas que corriam ao redor da lagoa passar.

— Nunca fui muito de festas e sou de uma turma abaixo da sua irmã... — respondeu breve, mas simpática.

Concordei, juntando as peças na cabeça.

Uns anos antes, no segundo semestre do curso, Renata tinha comentado que esbarrou em uma garota na lanchonete e fez uma lambança. Pouco tempo depois, contou de novo a história para acrescentar que as duas tinham se tornado amigas.

Perceber que eu nunca tinha feito mais perguntas sobre aquilo me incomodou. Mas lembrei que, quando Renata estava nos primeiros anos da faculdade, meu mundo se resumia à Ana.

Acompanhei seus movimentos e logo estávamos pegando velocidade. Não muita, porque aos sábados a Lagoa era bem movimentada, com pessoas de todas as idades, mas o suficiente para nos afastarmos da loja.

Andar de bicicleta, de todos os meus novos hobbies, tinha se tornado meu preferido. O vento batendo no rosto, as casinhas que passavam rápido por mim, a forma como as pernas de Camila se moviam... quer dizer, a forma como nosso corpo se movia em sintonia.

O único defeito de andar de bicicleta era que praticamente impossibilitava qualquer conversa. Mas, enquanto ela andava alguns metros a minha frente, um sentimento de paz tomava conta de mim. Eu só não sabia se pela bicicleta, que começava a fazer meu coração bater acelerado, ou por Camila, que virava a cabeça para trás para checar se eu ainda estava ali.

— Esse é meu ponto preferido da lagoa.

Depois de meia hora, resolvemos parar um pouco. Eu achei que fosse um lugar aleatório, mas Camila parecia empolgada em beber uma água de coco e ficar sentada num banco cinza olhando para a água.

— Por quê? — perguntei.

Estava um pouco surpresa porque, apesar de bonita, a lagoa nem sempre cheirava tão bem. Mas guardei aquele comentário para mim.

— Não faço ideia — respondeu.

Nós duas rimos. Tudo parecia mais leve entre nós, talvez fosse porque o peso de um primeiro encontro tinha se dissipado.

— Acho que é porque daqui a gente consegue ver boa parte da lagoa, ao mesmo tempo que de vez em quando passa um avião sobre nós.

Eu olhei para o céu, não tinha nenhum vindo, mas sabia que ela se referia ao Aeroporto da Pampulha, que ficava a uma avenida da Lagoa.

— Verdade, eu nunca tinha parado para pensar nisso. Aliás, acho que nunca tinha parado aqui para ficar só olhando.

— Eu faço isso sempre, gosto de parar, analisar, refletir e respirar. E isso me lembra de uma coisa...

Nessa hora, nós nos olhamos. Nos olhamos de verdade. Eu podia ver Camila me analisando, refletindo, até, por fim, soltar um suspiro longo. Já eu chegava à conclusão de que estava diante de uma garota interessante, ao contrário do que tinha pensado no primeiro encontro.

— Eu te devo um pedido de desculpas.

— Pelo quê? — respondi, pega de surpresa.

— Pelo nosso terrível primeiro encontro…

— Foi tão horrível assim? — Fiz bico, mas nós duas rimos concordando.

— Eu não estava muito bem no dia, problemas de família e tudo mais. Eu sinceramente não sei nem como cheguei na sua casa… — Camila fez uma pausa, acho que tentava encontrar a palavra certa. — Estava um pouco desnorteada.

— Tudo bem, o segundo encontro já valeu a pena. — Dei de ombros e vi suas sobrancelhas arquearem.

— Isto é um encontro?

Suas mãos apontavam de mim para ela, e eu soltei mais uma gargalhada. Nós duas sabíamos que aquilo não era um encontro, mas senti que precisava fazê-la rir. Missão cumprida.

— Mas falando sério agora… sinto muito pelo seu dia. Tem algo que eu possa fazer?

— Acho que você já está fazendo, sem saber. É a primeira vez que eu penso na minha família hoje e não foi com tanta preocupação quanto antes.

— Então… feliz em ajudar — respondi.

Ficamos em silêncio e, por incrível que pareça, foi confortável. Eu via Camila passar os olhos pela lagoa, mas também a sentia olhando para mim. E precisava de toda a força do mundo para não olhar para ela também.

Embora eu só estivesse brincando antes, aquele seria um encontro perfeito se, de fato, fosse um encontro. Ficamos ali mais um pouco, sem fazer ideia do quanto se passou, até resolvermos voltar e devolver as bicicletas.

Na despedida, além do beijo na bochecha, nos abraçamos de verdade. Sem constrangimentos, mas também sem promessas. Só estávamos gratas pelo dia divertido.

Sei que cheguei em casa com um sorriso estampado no rosto porque fui recebida com um olhar surpreso da minha irmã. Pedro tinha ido passar o final de semana com os pais, para variar um pouco.

— Devo saber o que aconteceu?

Pela expressão divertida em seu rosto, ela já sabia que algo tinha rolado. Resolvi saciar a curiosidade, que minha irmã disfarçava muito mais do que eu.

— Encontrei com sua amiga Camila na lagoa...

Renata aprumou o corpo no sofá, prendeu o cabelo em um afropuff alto na cabeça e me olhou com atenção. Era tão raro ela demonstrar aquele nível de interesse que quase esqueci o que ia falar.

— Não aconteceu nada de mais, a gente só conversou. — Dei de ombros.

Eu continuava de pé porque estava ensopada de suor, e minha irmã já tinha me proibido de encostar em qualquer coisa da casa antes de tomar um banho demorado.

— Só isso?

Mesmo que seu tom de voz demonstrasse certa decepção, eu ainda podia ver em sua expressão corporal que Renata estava atenta a cada detalhe que passasse diante de seus olhos. Minha irmã estava me analisando, mas eu não tinha forças para mandar que ela parasse, como de costume.

— Sim, querida irmã. Só isso — respondi, incapaz de impedir que um sorriso surgisse em meus lábios.

— Tá bom então... — ela disse, também sorrindo.

Vi suas mãos voando para o celular no braço do sofá. Já podia imaginar Renata contando para Pedro o que acabara de ouvir.

— O que está fazendo parada aí? Vai tomar banho.

Ela disse sem nem olhar para mim. Eu fiz uma careta e fui para o banheiro.

Se a lagoa era o lugar aonde Camila ia tirar um tempo para refletir sobre várias coisas, eu fazia isso no banho. Gostava de como a água caía em mim e de como isso acalmava minha cabeça sempre tão cheia de... tudo.

Naquele momento, eu pensava nela.

Eu repassava nosso primeiro encontro, depois me lembrava do dia que passamos juntas. E reunia as poucas informações que minha irmã tinha dado sobre Camila, quando eu ainda nem a conhecia ou tinha interesse por ela. As peças completavam um quebra-cabeça, mas o primeiro encontro ainda era um ponto fora da curva.

Ela realmente não devia estar bem no dia, mas, em vez de me preocupar com isso, resolvi focar na parte em que ela disse que eu, sem saber, a tinha ajudado. E guardei para mim que Camila, assim como aquele banho, tinha conseguido fazer com que eu pensasse menos em tantas coisas.

4

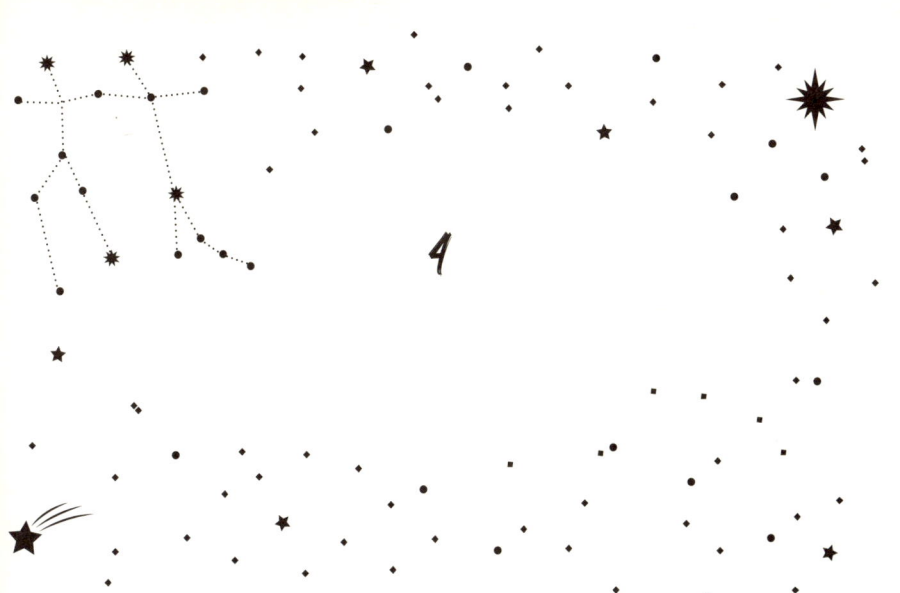

Na segunda-feira após nosso reencontro não planejado, acordei com uma nova seguidora nas redes sociais: Camila.

Depois do café da manhã e de uma demorada discussão para convencer Pedro e Renata de que eu queria dar um tempo no nosso "jogo" — com muitas aspas na palavra —, antes de ir para o primeiro dia de aula do novo semestre, resolvi comentar em uma das publicações de Camila. Tentei disfarçar o motivo para mim, mas esperava que isso criasse uma abertura já que ela tinha dado o primeiro passo ao me seguir.

E funcionou, porque começamos a conversar.

Parecia tão natural que me perguntei diversas vezes se aquela era a mesma Camila que eu conheci na minha casa. Mas, sem dúvida, era a mesma garota do dia da bicicleta.

Ou melhor, será que eu era a mesma Tati de algumas semanas atrás, a do nosso primeiro encontro?

— Você está sorrindo para uma tela de celular.

Pedro voltava da cozinha com um copo na mão e um pequeno bigode verde acima dos lábios. Fiz uma careta e balancei a cabeça, recusando a bebida feita de verduras que ele me oferecia.

E gengibre, eu odiava gengibre.

— É apenas impressão sua — respondi, com um novo sorriso depois de ver a última mensagem de Camila.

Ela tinha enviado um print da matéria que comentamos em nosso não encontro, que eu gostaria que fosse, sobre o jacaré da Pampulha.

— Se você diz — meu cunhado soltou no ar, indo para o quarto de Renata.

Minha irmã só chegaria tarde da noite. Tinha aceitado cobrir os quinze dias de férias de outra estagiária, em troca de um salário extra. Eu tinha quase certeza de que isso era proibido por alguma lei, mas Renata era ambiciosa, dedicada e focada demais para me escutar.

— Pedro, o que seus conhecimentos dizem sobre o signo de peixes?

Ele parou no meio do caminho e voltou para a sala com as sobrancelhas erguidas. Demorou uns segundos para me responder, e tenho certeza de que media as palavras. Eu não sabia o que meu cunhado estava pensando, mas o conhecia o suficiente para imaginar que ele não queria me influenciar em nada.

— Eu amo piscianos no geral, a intensidade e sensibilidade deles sempre me deixou impressionado.

A cada palavra, uma pausa. Ele ainda frisou o termo impressionado.

Eu só sabia que ele estava sendo sincero porque uma das primeiras coisas que me contou sobre si mesmo foi que arianos têm certa dificuldade de esconder o que realmente pensam.

— Ok... tem um "mas" aí, né? — perguntei, hesitante.

Pedro concordou com a cabeça, e, mesmo sem saber o que era, minha mente resgatou o comentário que ouvi ele fazer para minha irmã sobre o signo de Camila.

— Tati, lembra quando você disse que achava isso de signos uma bobagem? — ele disse depois de algum tempo me encarando.

— E você discordou veementemente, e eu achei que tinha feito minha irmã perder o namorado por minha causa? — respondi, analisando-o. — Você era bem esquentadinho — falei, baixo.

— Porque você estava errada, mas... — agora ele sorria, mesmo com meu comentário, sem perder a quase pose de irmão mais velho comigo. — Esquece tudo que eu já te falei sobre signos e só se joga.

E, com isso, ele foi para o quarto. Pedro adorava fazer saídas dramáticas depois de algumas frases de efeito, e eu sabia que aquele era um de seus momentos. Lembro que no começo do namoro, quando ainda eram adolescentes, ele e minha irmã brigavam muito porque Pedro sempre queria ter a palavra final.

Mas Renata era obstinada demais para deixar isso acontecer sempre, e eles aprenderam a se encaixar. Agora, todas as suas palavras finais vinham em forma de conselhos para mim. Eu adorava aquilo, mesmo fingindo que não.

Resolvi deixar as palavras de Pedro sobre os nossos signos um pouco de lado, como ele sugeriu, e tentar aproveitar.

Olhei para a tela e percebi que não tinha respondido Camila, mas pela segunda vez no ano — o que era um milagre —, resolvi seguir um conselho de Pedro. E então convidei a garota para um primeiro encontro de verdade.

Ainda mordia os lábios, ansiosa, quando a resposta veio acompanhada de um emoji sorridente: *sim!*

Passei os últimos dias pensando nela. Se depois daquele primeiro encontro ruim alguém me falasse que eu estaria ansiosa para reencontrar Camila, eu diria que era uma mentira cabeluda e escabrosa. Mas lá estava eu, poucos dias depois do convite, esperando pela garota na porta do cinema.

— Estou muito atrasada?

Camila apareceu de repente, e eu, que estava com a cabeça longe pensando nela e nos vários possíveis motivos de desentendimento entre a gente, embora não exatamente naquele encontro, nem percebi.

— Não, eu acabei de chegar — respondi.

Ao contrário das outras vezes, nos cumprimentamos com mais intimidade. Eu pude sentir nossos corpos grudados mais tempo do que o normal, e por pouco nossos lábios não se encontraram, daquele jeito meio sem querer. *Talvez não tivesse sido um descuido, mas vontade... ou não.*

— Eu já retirei nossos ingressos — falei, mostrando os papéis na minha mão.

Nós havíamos combinado no dia anterior que veríamos o primeiro filme de uma franquia nova de super-herói que ainda não tínhamos visto. Era novidade para mim, porque sempre fazia questão de encarar as estreias barulhentas e cheias.

— Ótimo! — Caminhamos lado a lado até passar pelo balcão de pipoca. — Você quer?

— Hmm... — respondi, sem conseguir esconder minha empolgação.

O que era um cinema sem uma boa pipoca e um refrigerante gelado? Para mim, não existia combinação melhor do que aquela.

Camila soltou uma risada.

— Doce ou salgada?

— Doce e salgada?! — respondi, quase como uma pergunta.

Nunca fui muito fã de doces, mas eu não recusava a mistura da pipoca doce por cima da pipoca salgada. E fazia questão de colocar as duas na boca ao mesmo tempo.

— Sério?

Camila quase conseguiu esconder a careta, mas eu vislumbrei sua testa franzida enquanto ela enfrentava a pequena fila do quiosque de bebidas e guloseimas em frente à bilheteria.

— Espere só até você experimentar!

Cinco minutos depois, Camila voltava com aquele combo de balde grande de pipoca e dois copos de refrigerante.

— E como foi o retorno às aulas? — perguntei, roubando uma pipoca do balde antes mesmo de chegarmos na sala.

Ela não pareceu se importar.

— Foi bem ok, na verdade. Sabe como é... primeira semana de aula, o corpo vai, mas a cabeça fica em outro lugar — respondeu, rindo, e eu me juntei a ela.

Se tinha uma pessoa no mundo todo que entenderia aquela frase essa pessoa se chamava Tatiana. Euzinha.

— Você definiu a minha vida!

— Qual é sua história e a coisa dos cursos, falando nisso?

Nós procurávamos a numeração das cadeiras e eu esperei um pouco para responder. As luzes ainda estavam acesas, e a sala, vazia.

— Deixa eu adivinhar... Renata?

Dessa vez era Camila quem tinha pego uma pipoca do balde, então a única reação que vi foi sua cabeça assentindo.

— Sei lá, eu nunca consegui ficar muito tempo sem estar fazendo algo, sabe?

— Não sei, mas continue...

Eu sorri com sua intervenção fofa. Camila estava concentrada em minhas palavras.

— Andar de bicicleta, por exemplo, não é a primeira atividade física que eu já tentei. Já fiz musculação, natação, muay thai... e esses são só os que eu consigo lembrar. Eu também toco violão desde os doze anos e tem uns meses que venho fazendo mil cursos on-line. Ou tentando... você acredita que eu comprei um pacote de cursos e até hoje não fiz nenhum?

— Acredito — ela disse, ainda me observando.

E então eu continuei falando.

Falei sobre os cursos, falei sobre a faculdade, falei sobre a história engraçada do apartamento que dividia com minha irmã — que eu achava engraçada, mas na verdade não tinha nada de mais, era apenas sobre como nossos pais resolveram nos dar o lugar de presente.

Falei até mesmo da minha ex-namorada. Que ela não havia sido a primeira pessoa de quem eu gostei, mas que foi com ela que aprendi muitas coisas. Inclusive, quem eu era, ou achava que era.

— Até que resolvemos voltar a fazer algumas coisas de que gostávamos antes e então não deu muito certo — continuei.

Ao contrário de minha irmã, que fazia sua expressão específica de psicóloga quando estava me ouvindo, Camila ficava com os olhos atentos em mim, a boca se contraía de surpresa com as histórias ou em um sorriso grande pela rapidez com que as palavras saíam da minha boca... Eram pequenos detalhes que me diziam que ela estava interessada.

Que ela ouvia, olhava e que ela estava, de fato, atenta. Mas não me analisando como futura psicóloga, e sim porque queria me conhecer.

Ou eu só estava enxergando o que queria enxergar.

— Mas e você... — falei, finalmente, bebendo um pouco de refrigerante.

As luzes ainda não tinham se apagado e a tela não tinha ligado, então eu sabia que não havia passado tanto tempo assim, mas isso era ainda mais preocupante: eu tinha resumido toda a minha vida em pouquíssimos minutos.

— Bom, eu...

E então a sala ficou escura.

A tela se acendeu e Camila disse, baixinho, com um sorriso sincero:

— Depois eu te conto.

Por alguns segundos fiquei com medo de ter dominado a conversa, deixando Camila sem vontade de falar sobre si mesma. Eu nem era tanto a pessoa que gostava de falar de mim, eu só gostava de falar. E ela pareceu interessada.

Será que se acostumaria?

— Ei, está tudo bem... — ela cochichou no meu ouvido.

Os trailers tinham começado, mas muitas pessoas ainda estavam conversando. Fiquei aliviada porque Camila parecia respeitar as leis do cinema: silêncio, ou quase, em primeiro lugar.

— Mesmo?

— Sim — respondeu, ainda sorrindo, e me deu um beijo na bochecha.

Senti meus músculos relaxarem e a preocupação se esvaindo do meu corpo. Não sabia como Camila tinha percebido que eu me sentia daquela forma. Sempre me achei muito reservada em relação aos meus sentimentos.

Era eu quem costumava reparar nos outros, mas pela primeira vez me senti bem de ter alguém reparando em mim. Relaxei na cadeira e voltei minha atenção para a tela.

Era difícil me concentrar totalmente no filme com ela ali tão perto, mas consegui superar a distração e quando percebi já estava envolvida pela história.

— Não é possível! — exclamei, no meio do filme, quando alguém morreu diante dos meus olhos.

Infelizmente, para minha vergonha, eu tinha quebrado minha própria lei preciosa do cinema. *O que eu podia fazer?* O filme estava elétrico demais.

— Tatiii — Camila disse.

Mas disse próximo demais e, em um movimento que parecia involuntário, colocou a mão sobre a minha para chamar a minha atenção. Ela apertou de leve e não a tirou.

Tentei não olhar para nossos dedos roçando uns nos outros, mas não consegui. Era impossível enxergar os detalhes naquela escuridão, mas, ao me lembrar da primeira vez que nossas mãos se tocaram, pensei em como nossas peles se encontravam de um jeito encantador.

— Posso? — ela perguntou, atraindo meu olhar.

Estávamos tão próximas que eu tenho certeza de que, se pensasse a resposta, ela poderia ouvir. Mas, em vez de verbalizar o que meu corpo inteiro já gritava, resolvi fazer outra pergunta.

Seus olhos brilhavam e eu podia jurar que eles já estavam me respondendo antes mesmo que eu falasse.

— Posso te beijar?

Camila também parecia não querer dizer nada, porque quando dei por mim, nossos lábios se encontraram. Eu podia ouvir ao fundo o barulho alto das cenas de ação, mas logo minha cabeça se concentrou no que acontecia entre nós.

Conseguir focar em algo — e não deixar que minha mente pensasse em tanta coisa ao mesmo tempo — era novidade em minha vida, e isso estava se tornando uma constante ao lado dela.

De um beijo lento, para um beijo intenso, para um beijo lento de novo. Se antes eu achava que a combinação mais perfeita do mundo era pipoca doce com salgada, eu havia descoberto algo ainda melhor ali.

Não tinha ideia de quanto tempo nosso primeiro beijo durou. Ela terminou segurando meu rosto com as duas mãos e me dando selinhos. O segundo e o terceiro foram intercalados com algumas cenas do filme que provavelmente teríamos que reassistir em um futuro próximo.

5

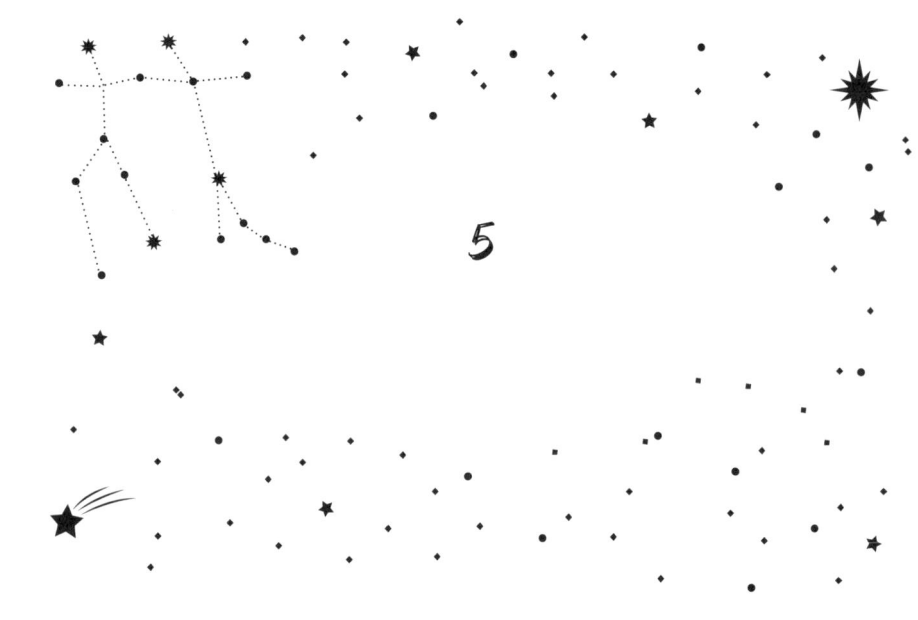

— Então nos últimos seis meses você se enfiou ainda mais nos cursos?

Ela perguntou enquanto andávamos pelo shopping, cada uma com sua casquinha de sorvete.

Desde que saímos da sala, eu estava tentada a beijá-la mais uma vez, mas em público as coisas não eram tão fáceis quanto no escuro do cinema. A cor de nossa pele já atraía olhares julgadores com certa frequência em vários espaços; eu não queria correr o risco de saber o que aconteceria se nos beijássemos.

— Exatamente! Mas, pela primeira vez na vida, cansei de falar. Me conta de você...

Nós rimos porque eu já tinha deixado explícita minha facilidade em falar sem parar por horas.

— O que eu venho fazendo nos últimos meses?

— Pode começar daí — respondi com uma piscadinha para ela.

— Os últimos meses têm sido difíceis, na verdade...

— Como assim?

Camila apontou para um banco vazio no corredor do shopping e nós nos sentamos. Nunca gostei muito de shoppings, no geral, mas ali, com ela, eu sentia coisas diferentes. Parecia até que havíamos aberto uma brecha no mundo e criado um local só para nós.

— Eu sei que não é muito legal falar de coisas ruins em um encontro, tem certeza de que quer ouvir?

— Você me ouviu falar da minha ex-namorada, e esse deve estar no top 1 de assuntos proibidos para um encontro, então... — respondi, com um sorriso acolhedor.

Meu jeitinho de deixar as coisas mais confortáveis para qualquer pessoa era fazer uma piada depreciativa sobre mim. Renata, várias vezes, já tinha falado que a gente precisava analisar aquilo, mas eu respondia que esse era um problema para o futuro.

Vi Camila arquear a sobrancelha e me perguntei se o futuro já tinha chegado. Mas logo ela suspirou, e eu soube que não era dessa vez que minha irmã ganharia.

— Meus pais estão se separando... Não, deixa eu reformular.

Ela levantou o dedo indicador, terminou seu sorvete e jogou fora o guardanapo que segurava. Eu, que já tinha terminado o meu havia tempos, fiquei só olhando, quase ansiosa.

Não queria dizer em voz alta, mas estava curiosa demais para conhecer Camila melhor.

— Meus pais são casados há trinta anos. Esse ano, resolveram ter relações fora do casamento... sem combinar antes nem nada. Obviamente, deu merda!

— Calma! Seus pais traíram um ao outro e...

— Ambos descobriram e não gostaram, porque aparentemente trair é ok, ser traído não pode. — Camila deu de ombros.

Ela falava com certa calma, mas eu podia ver nos seus olhos, e até mesmo nos seus ombros rígidos, que aquele assunto a incomodava muito. Não que ela estivesse desconfortável por falar sobre isso comigo, mas a própria história a tirava do sério.

— Eu sempre me espelhei no relacionamento deles pra tudo, sabe? E aí... acabou.

— Sinto muito.

Meus pais se conheceram na faculdade de Direito e logo engataram um namoro que durava até hoje. São tão grudados que assustam até o Pedro, que se interessa por todo tipo de relacionamento. Mas, ao contrário de Camila, nunca os encarei como um modelo. Acho que por ela ser filha única, facilitava.

Minha irmã era o meu parâmetro, mas também nunca botei muita expectativa nela. Acho que eu sempre quis seguir a vida do meu próprio jeito.

— É egoísmo da minha parte dizer que fiquei muito chateada, mesmo sabendo que não estava funcionando para eles?

Não sabia se ela queria uma resposta ou só esperava que eu a escutasse. Por isso, não respondi de imediato, e logo confirmei que era a segunda opção.

— Eu sei que as traições foram a gota d'água, eles já estavam brigando muito e era bem raro quererem fazer algo como casal, mas sei lá... eu cresci vendo eles apaixonados um pelo outro.

— Eu não sei bem o que te falar... — comentei e coloquei a mão em seu ombro. — Eu acho que agora talvez seja uma boa você criar suas próprias referências. Mas quem sou eu para dar conselhos a alguém.

Sorri e vi que Camila fez o mesmo, ainda que de forma tímida. Ela olhou para mim e concordou.

Provavelmente Renata e Pedro falariam que aquele conselho poderia também ser aplicado a mim. "Você ficou tão ligada nos seus próprios pensamentos que acabou esquecendo um pouco de viver", diriam. E acho que estavam certos.

E eu quase contei sobre essa minha conclusão aos dois quando cheguei em casa, depois de me despedir de Camila na porta do shopping. Mas ambos estavam apagados no sofá pequeno de nossa sala, Renata com a boca aberta, Pedro com a cabeça apoiada no ombro dela.

Uma hora depois, eu estava do mesmo jeito. Mas na cama, e com o coração quentinho por ter trocado algumas mensagens com Camila. Eu só não sabia que essa sensação ia embora tão rápido quanto chegou.

— Você parece de bom humor — Renata disse quando me juntei a ela na sala no dia seguinte.

— Vamos dizer que meu sábado foi perfeito.

— Hm.

Conhecia minha irmã o suficiente para saber que, apesar de estar morrendo de curiosidade, ela não daria o braço a torcer. Ficaria com aquela pose de quem não queria saber detalhes até eu mesma não me aguentar e contar tudo.

Geralmente funcionava, mas dessa vez eu queria aproveitar todas as coisas boas que estava sentindo sem externar para o mundo. Tinha uma primeira vez para tudo.

— Oi, princesas belas da minha vida — Pedro falou, saindo do quarto.

Ele deu um beijo no topo da cabeça de Renata e vinha me dar um também, mas reagi como sempre que ele tentava algo do tipo: mostrei a língua.

— Vejo que você continua com seu humor matinal — respondeu ele, com uma risada.

— Na verdade, ela tá até bem-humorada demais... — minha irmã comentou, sem tirar os olhos do jornal, e com um tom que denunciava que ainda estava com a pulga atrás da orelha.

— É mesmo? Aceitou meu conselho?

— Que conselho? — Renata perguntou, abaixando o jornal e olhando do namorado para mim.

— Me passa o café, cunhadinho? — falei, me segurando para não rir.

Os dois me olharam, cada um com sua pose típica de indignação. Renata estava com a cabeça inclinada para o lado, quase me fuzilando com o olhar. Pedro tinha as mãos na cintura, mas um sorriso aberto no rosto que me dizia que também estava adorando aquilo.

Eu continuei tomando meu café da manhã como se não percebesse os olhares furtivos dos dois e logo voltei para meu quarto.

Aos domingos, eu focava nos cursinhos, mas naquele dia a primeira coisa que fiz foi mandar uma mensagem para Camila. Quando dei por mim, já havia aceitado seu convite de encontrá-la na Lagoa.

— Bem que Pedro me disse que piscianos eram intensos... — comentei, brincando, ao me aproximar dela.

Se alguém dissesse para a Tati de meses atrás que ela estaria fazendo piadinhas com signos, certamente ela soltaria uma gargalhada, mas eu não podia negar que algumas informações apenas ficavam grudadas em minha cabeça. Ou talvez fosse só porque eu queria me aproximar dela de algum jeito, ainda que falando sobre assuntos que não entendia tão bem.

Camila e eu combinamos que passaríamos um tempo em seu ponto preferido e depois almoçaríamos em um dos restaurantes ali perto. Ela usava um vestido florido e tênis branco, eu tinha optado por um short com estampa colorida e uma camiseta soltinha branca. Mas também estava de tênis, uma de minhas paixões.

— Como assim? — ela respondeu, virando para mim.

Nós duas estávamos lado a lado, em pé e um pouco afastadas do carrinho que vendia água de coco. Apesar de sua expressão séria, eu não consegui detectar de verdade o que seu tom de voz me dizia.

— A gente se viu ontem e estamos juntas de novo, e...

— Mas você aceitou vir, certo?

Eu deveria ter parado por ali, mas minha boca era grande demais. Seus olhos me diziam que ela não estava com raiva de mim, mas seus braços cruzados demonstravam o contrário.

— Sim, você convidou e eu...

— Se você não queria vir, por que aceitou então?

Foi como se ela tivesse de fato me dado um empurrão. O que eu sentia deve ter ficado estampado no meu rosto, porque logo Camila descruzou os braços e tentou abrir a boca algumas vezes.

Parecia que tínhamos voltado no tempo e estávamos, de novo, em minha sala.

Eu a olhava sem entender o que tinha acontecido e senti um impulso de perguntar por que ela estava agindo daquele jeito. Falar sobre seu signo era tão ruim assim? Mas, pela primeira vez na vida, eu preferi não conversar sobre o que parecia incomodá-la.

Eu escolhi não abrir a porta do diálogo e foi a pior escolha que fiz. Logo eu estava dizendo o que não deveria.

— Acho que o Pedro pode ter razão, peixes e gêmeos não combinam mesmo.

E dessa vez, foi Camila quem ficou magoada.

— Tati, eu...

— Acho que é melhor eu ir. Foi uma escolha ruim ter aceitado o convite mesmo — respondi, me afastando.

O que estava acontecendo comigo? Por que eu só não perguntava o que a tinha incomodado? Por que eu estava escolhendo não continuar uma conversa?

— Se você pensa assim — Camila disse depois que ficamos em silêncio por alguns segundos.

Eu não pensava, eu queria entendê-la. Eu queria ficar. Mas, de novo, escolhi o caminho que não combinava em nada comigo.

Concordei com a cabeça e saí. Não me despedi. Não olhei para trás, por mais que todo o meu corpo e meu coração me dissessem o contrário. Apenas peguei o carro de minha irmã e voltei para casa.

Não nego que toda vez que parava no sinal, olhava o celular na minha bolsa jogada no chão do carro para ver se tinha alguma mensagem dela. Sem receber nenhuma novidade, tudo que fiz ao chegar em casa foi entrar como um furacão.

— Por que você não me disse que piscianos são...

— O que aconteceu? — Pedro perguntou antes mesmo que eu terminasse minha frase.

— Nada, nada — respondi, resmungando.

— Tati, você nem acredita em signos, porque está...

— Porque você estava certo e admitir isso não foi nem a pior coisa que aconteceu no meu dia.

Eu bufei e desabei no sofá, sem perceber que minha irmã me olhava do batente da porta de seu quarto. Pedro logo se aproximou e se ajoelhou na minha frente.

— Tatinha... Na teoria peixes e gêmeos são, de fato, signos que não combinam. Mas na prática, eu sempre acho que as pessoas têm escolhas e personalidades diferentes. Veja eu e sua irmã... Eu amo signos e tudo que é relacionado a isso, eles me ajudam a compreender várias coisas, mas são guias, não regras... pessoas são complexas. A gente não pode levar tudo ao pé da letra.

Fiz uma careta. Eu sempre achei tudo o que Pedro falava uma bobagem, mas pela primeira vez queria justificar com astrologia o que aconteceu.

— Olha o seu caso, por exemplo... nos últimos meses a única coisa de gêmeos que tem aparecido em você é a obsessão por conhecimento — completou, sorrindo e me dando um tapinha no joelho. — E isso porque ninguém é um todo, existe um mapa astral inteiro para nos guiar sobre nossas partes. E, mesmo assim, outros diversos fatores vão ditar nosso destino.

— Uau, Pedro... — ouvi minha irmã dizer do outro lado da sala.

— Eu sei — ele respondeu, ainda sorrindo e empinando a cabeça.

Eu soltei uma risada com a cena, porque sabia o quanto era raro minha irmã elogiar qualquer pessoa no mundo. Renata não era exatamente fria, era apenas... complexa. Soltei outra risada percebendo que eu mesma já estava repetindo as palavras de meu cunhado.

E, se ele estava certo naquilo, talvez estivesse certo em outra coisa.

— Você disse que peixes e gêmeos não combinam...
— Em teoria! — frisou.
— Sim, sim... mas então isso quer dizer que, em teoria, existe uma combinação perfeita?

Pedro arqueou as sobrancelhas e sua expressão de surpresa não deixava dúvidas de que eu estava certa em minha suposição. Eu podia sentir as engrenagens do meu cunhado trabalhando.

— Sim, mas...

— E eu tenho certeza de que na lista de vocês tem uma pessoa desse signo, certo?

— Sim, mas... — dessa vez foi minha irmã.

Nem tive tempo de me surpreender por ela saber ou lembrar qualquer coisa sobre signos.

— Então, acho que está na hora de voltarmos para os encontros — e essa fui eu.

6

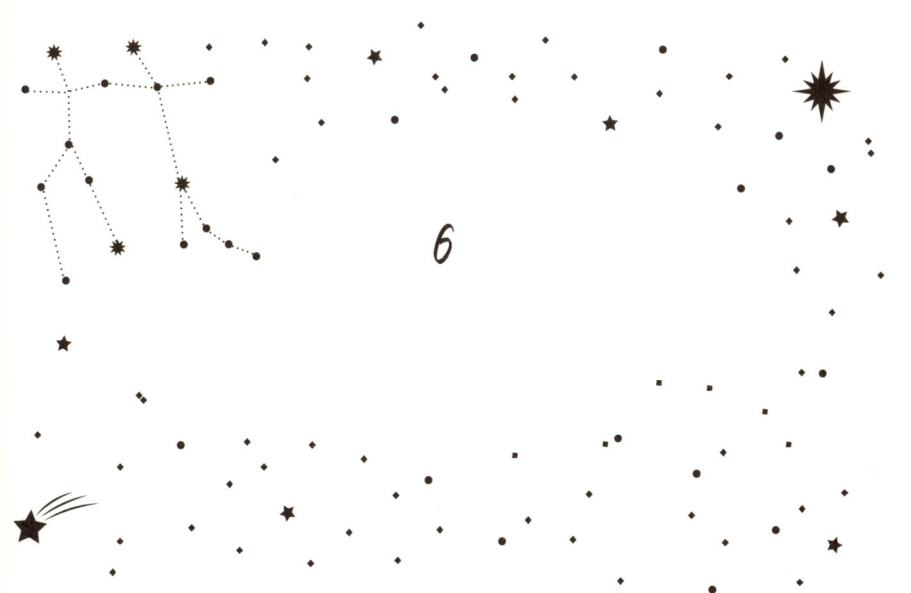

Acontece que existe um nome para signos que estão fadados a serem uma combinação perfeita e esse estava sendo o tópico da conversa desde que falei que queria voltar a ter os encontros.

— Signo suplementar? — perguntei, com um meio-sorriso.

Sabia que não era esse o termo, mas não conseguia guardar o certo de jeito nenhum.

— Complementar — Pedro falou, já cansado.

Devia ser a terceira vez que eu perguntava a mesma coisa desde que ele tinha me falado de Sophia, sua prima de segundo grau que tinha se mudado para Belo Horizonte no último mês, vinda de uma cidade do sul do estado. Ela, sagitariana, sempre foi a primeira escolha de Pedro.

Ele e Renata só tinham preferido não me contar, sabiam que eu ficaria um pouco mexida se soubesse de toda a questão de gêmeos e sagitário serem meio que um par.

— E sagitário é o signo perfeito para uma geminiana?

— Sim... na teoria — frisou de novo. — E perfeição é uma palavra meio forte... — continuou, mas ignorei.

— E como é que essa combinação funciona?

— Para quem não queria uma nova relação, você está bem interessada nisso de combinação perfeita, hein... — Renata comentou enquanto pegava uma pipoca da vasilha na minha mão.

Nós tínhamos resolvido assistir ao episódio mais recente de uma daquelas séries policiais famosas que, embora sempre tivessem o mesmo enredo, não conseguíamos largar.

— A ideia disso tudo foi de vocês, não podem me culpar porque eu estou envolvida agora.

Minha voz estava calma, mas a verdade é que por dentro tinham duas de mim tentando compreender tudo o que eu sentia. Uma parte queria saber de Camila, entender o que tinha acontecido, perguntar se ela estava bem. Mas a outra queria seguir em frente, não queria se apegar a ninguém e achava que era melhor deixar os encontros com Camila apenas no passado.

— Vamos seguir com o planejamento normal então, ok? — continuei e botei uma quantidade considerável de pipoca na boca.

Uma boa estratégia para conseguir parar de falar.

— Você que manda, Tatinha — Pedro disse, e eu bufei.

— Você... e esse apelido... do apelido... horrível — falei, tentando não cuspir as pipocas mastigadas.

— Eca! — Renata exclamou, jogando uma almofada em mim. — Nossos pais não te deram educação?

Virei o rosto na hora e mostrei a língua para minha irmã, que ainda estava com cara de nojo.

— Tati, falando sério agora... — Pedro disse, ignorando os olhares raivosos que eu trocava com Renata.

— Hm — resmunguei, voltando minha atenção para ele.

— Você está bem?

E essa era uma pergunta para a qual eu não sabia se tinha resposta. Eu estava bem fisicamente? Sim, mais do que bem, as voltas de bicicleta já começavam a fazer efeito no meu corpo, inclusive. Tenho certeza de que uma parte da minha coxa estava mais dura.

— Acho que sim — respondi, rápido.

Mas acho que tinha algo me incomodando. Só não sabia dizer se era Camila ou qualquer outra coisa dos últimos seis meses.

— Acho que sim — repeti, baixo, mais para mim do que para eles.

Os dois se calaram, não havia mais o que acrescentar. Nós acabamos assistindo a mais de um episódio. Fiz perguntas o tempo todo, e Renata ficou jogando indiretas para tentar descobrir com quem eu estava me encontrando.

No fundo, eu sabia que ela sabia de Camila. Mas minha irmã nunca foi muito de fazer fofocas incertas, ela precisava de mais informações e só as deduções de Pedro não bastavam. Ela precisava de fatos, e eu não tinha dado nenhum.

A semana passou rápido, e entre as atividades da faculdade e o começo do estágio, fingi que não sentia falta das conversas de madrugada, das piadas sobre jacaré ou de qualquer coisa em Camila. Ignorei até mesmo quando minha irmã soltou, em uma conversa de café da manhã, que Camila tinha perguntado de mim.

Renata não demonstrou ter ligado os pontos sobre nós duas, aparentemente Camila tinha feito apenas um comentário aleatório sobre nosso reencontro na Lagoa da Pampulha. Eu, por outro lado, me fiz de boba.

Se Camila não tinha falado nada de mais para minha irmã, eu é que não falaria. Me concentrei apenas no fato de que, finalmente, tinha chegado o dia do meu encontro com Sophia.

— Vocês não vão mesmo ficar?

Renata e Pedro estavam terminando de se arrumar para ir ao cinema. Decidiram que era melhor deixar nós duas a sós, com medo de que a presença deles tivesse sido o problema do encontro com Camila.

— Eu já até comprei os ingressos pra não ter perigo de o Pedro desistir.

Minha irmã mostrou o recibo no celular. Pedro fez uma careta e eu sorri, eles eram mesmo muito fofos juntos. Mas eu nunca falaria aquilo em voz alta. Nunca.

— Vê se não agarra muito minha prima, tá bem?

— Você não disse que não eram próximos? — perguntei, ignorando o real significado daquela frase.

— E não somos, mas é estranho pensar em você com alguém da minha família — ele respondeu, fingindo um arrepio pelo corpo.

— E não é estranho você e minha irmã fazend...

— Então vamos, né?! — Renata me interrompeu.

Pedro e eu soltamos uma gargalhada juntos, e ele me jogou um beijo de despedida. Renata balbuciou um "juízo", como nossos pais costumavam fazer quando ela era mais nova e começou a namorar. Me perguntei se ela se lembrou disso quando decidiu dizer o mesmo.

— Vê se não voltam muito tarde, eu tenho sono leve — falei, frisando a palavra leve e ouvi minha irmã bufar enquanto fechava a porta.

— Eu amo ela... — foi o que ouvi entre as risadas de Pedro quando a porta, enfim, se fechou.

Eu passava os olhos pelo feed de uma das minhas redes sociais, quando o interfone tocou. Corri para atender e logo eu estava abrindo a porta para Sophia, que me aguardava sorrindo do outro lado.

A garota era mais branca que o primo, tinha os cabelos encaracolados e castanho-claros. Usava um short jeans e uma camiseta com o rosto de Frida Kahlo estampado no centro.

— Oi, Sophia... certo? — falei o óbvio.

Eu dei um passo em sua direção e, como se já nos conhecêssemos havia anos, tive o abraço e o beijo na bochecha menos constrangedor da vida.

— Tatinha, né? — ela disse em meu ouvido, e eu fiz uma careta instantânea. — Tô brincando, Pedro me obrigou a dizer isso.

Eu soltei uma risada e dei passagem para que ela entrasse. Sophia pediu licença bem baixinho, típico dos mineiros, e passou os olhos pela minha casa. Enquanto eu passava os olhos por ela. Não era um olhar de cobiça, apenas de curiosidade.

— Então, o que vamos assistir?

— Pensei num filme de suspense, mas...

— Suspense está ótimo! — Ela sorriu, e fiz o mesmo.

Sophia parecia tão animada com o filme quanto eu, mas tive a sensação de que ela me lançava alguns olhares enquanto eu ia até a cozinha. Só não sabia se também de curiosidade ou de outra coisa.

— Pedro disse que você gosta de pizza de calabresa, então eu pedi meio a meio... — falei, voltando para a sala com o tabuleiro nas mãos. — Deixei um pouco no forno porque fiquei com medo de esfriar...

— Maravilha! A sua é de quê?

— Quatro queijos. — Dei de ombros.

— Uuh... não é todo mundo que curte essa, né?

Concordei com a cabeça, me sentando ao seu lado e depositando o tabuleiro na mesa em frente ao sofá.

— Eu tenho gostos peculiares — respondi, e Sophia gargalhou.

Eu, que já tinha colocado a mesa, indiquei que Sophia podia se servir. Como ela estava fazendo tudo bem à brasileira, típico dos nossos restaurantes, com prato, garfo e faca, acabei resolvendo fazer o mesmo. Mas, no fundo, sabendo que odiaria cada segundo. Sempre preferi comer pizza com a mão.

Esse era o problema de consumir muitos filmes estadunidenses, te faziam se acostumar com a cultura deles e a reproduzir os costumes.

— E... — Sophia falou, dando uma olhada na sala pequena. — Cadê meu primo?

Sophia com certeza já tinha sacado que estávamos sozinhas, mas relevei a pergunta óbvia, porque ela provavelmente só queria puxar assunto.

— Ele e Renata foram ver um filme, não faço ideia de qual, mas deve ser algo horrível.

Nós duas sorrimos. Eu apertei o play, e o filme começou.

— E então, o que está achando de BH até agora?

— Uma cidade do interior disfarçada de cidade grande — ela respondeu, rápida e certeira.

— É, acho que é quase isso, sim... mas não deixa ninguém daqui te ouvir falando assim — sussurrei.

— Belo-horizontinos são sensíveis?

— Eu diria que sim, simplesmente porque somos a melhor cidade do país.

— E o que faz daqui a melhor cidade? — ela perguntou, parecendo mesmo interessada.

E então eu falei, muito. Como de costume. E nós conversamos, muito mais do que imaginei.

Às vezes, empolgadas demais com o filme, outras parando para falar qualquer coisa sobre nossa vida. Sophia nem mesmo se importou com minhas repentinas perguntas sobre a história. Ela às vezes concordava, às vezes discordava ou às vezes só ignorava.

Tinha um foco natural em tudo o que contava. Parecia ser uma pessoa que raramente deixava que sua mente divagasse. Ao contrário de mim. Era interessante, *mas...*

Quando vi, o filme tinha acabado. Sophia me olhava com empolgação. Eu retribuí, mas senti falta de algo. E foi essa sensação que me fez interromper quando ela começou a se aproximar. Quando o rosto dela estava a poucos centímetros do meu, me levantei do sofá e peguei o tabuleiro quase vazio.

— Gostou do filme? — perguntei, tentando quebrar o silêncio que ficou.

— Mais da companhia, na verdade — respondeu, e eu soltei uma risada envergonhada.

Eu tinha acabado de recusar um beijo dela e não consegui responder de um jeito tão criativo como queria. A garota que nunca perdia as palavras estava aprendendo que nem sempre se tem o que falar.

— Mas acho que você não gostou tanto assim... — Sophia disse, se aproximando do batente que separava a sala da cozinha.

— Não é isso — retruquei, me virando para ela.

Me vi surpresa ao perceber que Sophia estava sorrindo. Não parecia magoada nem nada.

— Olha, eu adorei te conhecer e esse foi um dos melhores encontros da minha vida, mas...

— Mas?

— Mas é isso. Foi só um encontro, não precisa significar muito se a gente não quiser — ela concluiu.

E com aquela frase, eu soube que era bem provável que eu e Sophia nos déssemos muito bem, como Pedro tinha dito. A leveza que, de acordo com meu cunhado, eu precisava estava ali, nas palavras calmas de Sophia e em seu jeito descontraído.

O encontro não tinha sido só muito bom, como também me mostrado que a gente combinava até mesmo nas nossas várias diferenças. Era como se ela me completasse mesmo quando discordava de mim.

Nós nos despedimos com um abraço apertado, e eu me joguei no sofá, à espera de minha irmã e Pedro. Não demorou muito para que os dois entrassem soltando risadas altas.

— Tatinha, sua irmã conseguiu escolher o pior filme da história.

— O Pedro só não entende que algumas obras de arte não são para todo mundo!

— Rê, você não sabe escolher filmes. Diz para ela, Tatinha... — meu cunhado falou, morrendo de rir.

— Você não sabe escolher filmes — respondi com a voz desanimada, mas não escondendo o óbvio, já que minha irmã tinha um gosto péssimo.

Eu estava deitada com os braços cruzados e as pernas no encosto do sofá. Sabia que os dois estavam me olhando e que não havia mais escapatória. Era hora de saciar a curiosidade da minha irmã com alguns detalhes.

7

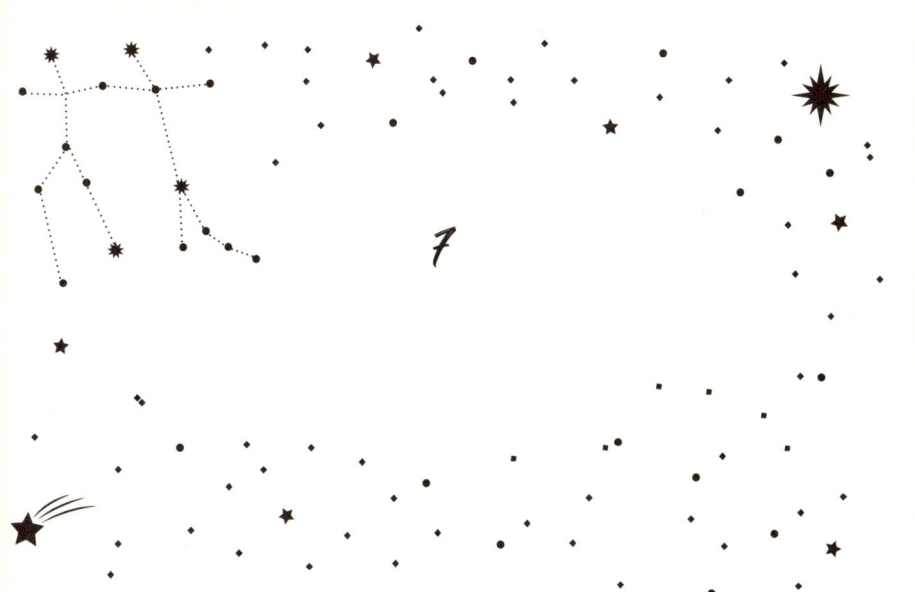

Eu ainda estava deitada e agora olhando para um ponto específico da cortina da nossa sala que havia me chamado a atenção. Tinha uma manchinha amarela ali que quase não aparecia no fundo cor creme do tecido. Era bem provável que aquele tivesse sido um dos resultados do meu curso de pintura.

E eu nunca, nunquinha, mostraria aquele ponto para Renata.

— Tati! — minha irmã chamou.

Eu desviei meus olhos da mancha e foquei nela. Renata tinha pequenas bolsas embaixo dos olhos que apareciam quando ela começava a trabalhar muito e dormir pouco. Fiz uma nota mental de que deveria comentar sobre isso com Pedro.

— Você está bem? — ela perguntou.

— Talvez... — respondi.

— De "acho que sim" para "talvez" é uma grande mudança.

Meu cunhado falou com a voz calma, se aproximando e se sentando no chão ao lado do sofá. Seguindo os passos dele, logo Renata estava sentada no sofá com as minhas pernas no colo.

— O encontro foi tão ruim assim?

Eu soltei uma risada. Neguei com a cabeça.

— Então não foi ruim?

— Pelo contrário.

Suspirei. Era difícil conseguir articular tudo o que eu estava pensando e sentindo em palavras, eu precisava ter uma linha narrativa que conseguisse explicar.

— Vocês acham que fui uma namorada ruim?

Não eram necessários mais detalhes para saber do que eu estava falando. Renata e Pedro sabiam que era sobre Ana, a minha ex-namorada que terminou comigo porque achava que eu fazia coisas demais ao mesmo tempo. Que faltava foco e interesse no que eu buscava.

Que faltava interesse nela.

— A gente só pode falar do que a gente via — minha irmã começou.

— E o que a gente via era um namoro de duas garotas muito jovens que queriam se descobrir uma com a outra.

— Eu não acho que você tenha sido uma namorada ruim, Tati — Renata continuou. — Só acho que vocês viveram o que tinham para viver.

Ela sorria, e meu cunhado também.

— Quando ela terminou comigo, disse que parecia que havia duas Tatianas dentro de mim, e eu nunca soube bem o que isso significava.

Até pouco tempo, em que fiquei dividida sobre o que fazer no dia do desentendimento com Camila, e aí aquela frase fez mais sentido. Eu tinha medo de ser exatamente assim, uma pessoa que tem dificuldades de entender o que quer.

— Lembra quando eu disse que pessoas são complexas? Eu estava falando disso. Tati...

Pedro se ajoelhou.

— Seu signo tem uma má reputação, sabia?

Neguei. Como assim as pessoas não gostavam de geminianos?

— Tendem a falar exatamente o que Ana falou. Que geminianos são indecisos, que não sabem o que querem, que perdem o foco...

— Você acabou de me definir, né? Ela estava certa.

— Pelo contrário — Pedro continuou. — Você tem, sim, muitas dessas características, mas nunca achei que você não soubesse o que quer. Também nunca vi você magoar alguém de propósito só porque perdeu o interesse. Você sempre foi a pessoa mais íntegra que eu conheço...

— Hm hm — Renata coçou a garganta, e eu e Pedro sorrimos.

— Depois da sua irmã, claro — ele completou. — O que eu quero dizer é que você tem muitas camadas, sim, mas eu acho que tanto Ana quanto você deram tudo de si no namoro.

— Você se doou ao máximo, Tati. Deixou de fazer várias coisas porque ela não gostava. E ela também deixou. Houve um desequilíbrio; em vez de juntarem os interesses, vocês optaram por parar de fazer o que a outra não gostava.

— E acho que uma hora, sua personalidade acabou seguindo o curso natural. Você é alguém que gosta de se comunicar, gosta de fazer cursos bizarros...

— Gosta de falar sem parar durante as séries — Renata completou, e eu revirei os olhos com uma careta.

— Gosta de sair toda semana. E Ana também voltou a fazer várias coisas de que ela gostava antes. Não foi?

— Foi — concordei.

Me lembrei de quando ela disse que ia acampar com os amigos da faculdade e eu achei estranho... tinha pensado que era um hobby que ela não curtia mais. Eu, certamente, detestei na primeira e única vez que fui.

— Mas a gente nunca proibiu uma à outra — protestei, tentando recordar ao máximo nossas conversas.

Nós acabamos mesmo deixando de fazer algumas coisas de que gostávamos, mas não era uma proibição. Só deixamos de lado, e a vida seguiu. Ou eu achava que tinha seguido.

— Nós sabemos, vocês só queriam fazer uma à outra feliz — minha irmã respondeu.

— E eu acho que conseguimos, por um bom tempo.

Os dois concordaram. A conversa estava me ajudando, os sentimentos estavam se ajeitando. Eu não sabia o quanto Ana ainda fazia parte da minha vida. Ou, pelo menos, o quanto suas palavras tinham me atingido.

— E eu não acho que era uma relação tão ruim. Pelo menos, não foi ruim por muito tempo. Só acho que vocês queriam muito que desse certo e acharam que esse era o caminho — minha irmã disse.

— Acho que chegou uma hora em que seus gostos e personalidades, que antes estavam escondidos, resolveram aparecer... — Pedro comentou, floreando as palavras e eu sorri.

— Ela foi minha primeira em muitas coisas, né — comentei. — Eu achei que ia ser a única, sei lá.

— Tatiana, você só tem dezenove anos! — Renata protestou. — Tem muita coisa para viver. Poderia casar com Ana, claro, mas não deu certo e a vida não pode parar aí.

Minha irmã não estava brava nem usando o tom das broncas que nossa mãe dava quando fazíamos besteira. Ela só parecia surpresa por eu ter falado ou pensado qualquer coisa daquele tipo.

— Você está nostálgica em relação a seu último relacionamento ou...? — Pedro perguntou, parecendo medir as palavras.

— Não, eu só venho refletindo sobre mim. Sobre quem eu era e quem sou agora, e o que quero.

— Foi por isso que você parou com tudo e ficou fazendo mil cursos? — ele perguntou.

— Eu acho que sim, não foi uma decisão muito consciente... — falei, entre suspiros. — Eu acho que só quis provar pra ela, e principalmente pra mim, que eu não era nada daquilo. Achei que eram características muito negativas, ela falou de um jeito negativo, pelo menos, mas falhei miseravelmente.

Pedro e Renata soltaram risadas. E eu acabei fazendo o mesmo. Se meu objetivo era provar para o mundo que conseguia focar em uma atividade, eu tinha me mostrado péssima em cumprir objetivos.

— Eu nunca vi isso como um defeito seu. Acho que você ama adquirir conhecimento, ama conversar com desconhecidos. Nenhuma reuniãozinha é sem graça quando você está envolvida. E quando você se interessa por algo ou por alguém — Pedro frisou a última palavra —, só consegue dar atenção para isso.

— E a pergunta que fica no ar é: o que aconteceu no encontro que te deixou assim?

Eu sorri, Renata tinha desistido de esconder sua curiosidade. Ela falou rápido, parecia desesperada para ter algum detalhe sobre minha vida. Minha irmã sempre foi muito contida em algumas coisas, principalmente com minhas relações amorosas.

Aquela reação era uma surpresa. Mas eu também tinha conseguido guardar muita coisa e quase matado a bichinha de tanta curiosidade.

— Nada, na verdade. O encontro foi legal, Sophia foi ótima e acho que a gente daria muito certo, pelo menos como amigas.

Minha irmã me encarava confusa. Pedro estava na mesma, com a testa toda marcada com linhas de expressão e as sobrancelhas erguidas.

— Não estamos entendendo nada, Tatinha...

E, de novo, eu precisava fazer uma linha narrativa para conseguir organizar meus pensamentos.

— Eu tive um encontro com Camila, sabe... — comecei e a expressão de minha irmã foi de confusão para soberba.

— Eu disse! Você está me devendo cinquentinha...

— Vocês apostaram sobre minha vida amorosa?

— Sim, mas isso não importa agora... continua — Pedro disse, e Renata fez uma careta.

Eu tenho certeza de que ela cobraria aquele dinheiro até o fim de sua vida.

— A gente se reencontrou na lagoa e foi muito legal. Ela estava diferente. Ou talvez fosse eu. Depois começamos a conversar pelo celular e então fomos ao cinema e foi...

— Foi? — Renata perguntou, cem por cento focada em mim.

— Foi incrível. Eu saí extasiada de lá. Mas no dia seguinte, nós brigamos.

— E foi quando você chegou reclamando de piscianos e decidiu ter um novo encontro... — Pedro falou, e quase dava para ver as peças se juntando uma a uma na cabeça dele.

— Eu cheguei na lagoa e fiz uma brincadeira sobre piscianos serem intensos e ela reagiu muito mal. Mas acho que tinha algo de errado com ela, não sei...

— E você não perguntou? — meu cunhado questionou.

Eu neguei com a cabeça, deixando-o surpreso.

— Você é a pessoa das conversas longas! Por que não quis saber?

A pergunta que valia um milhão de reais. Ou que simplesmente vinha rondando minha mente na última semana. Mas, agora, depois de ter falado sobre Ana, de ter colocado para fora minhas feridas, de ter ouvido conselhos e de ter tido um encontro que me mostrou que havia escolhas na vida... agora eu conseguia entender.

— Eu tive medo — respondi, com mais certeza do que imaginava.

— Elabore melhor, Tati... até parece que você gosta de falar pouco — Renata disse, e eu, de novo, revirei os olhos para minha irmã.

— Porque ela me fez sentir coisas incríveis...

— E desde quando isso é ruim?

— Não sei, tive medo de sentir coisas intensas por alguém de novo, de me magoar — parei e mordi o lábio, com um meio-sorriso. — E foi você quem disse que peixes e gêmeos não combinam — soltei, tentando trazer uma leveza para a conversa.

— E a gente já falou sobre isso. Existem complexidade e escolhas no meio do caminho que podem fazer toda teoria se dar mal. Além do mais...

— O quê? — questionei, vendo o sorriso no rosto do meu cunhado.

— Você perguntou para Camila o que ela quer?

E não, eu não tinha perguntado. Eu não sabia nem o que eu queria uma semana antes. Ou sequer uma hora antes. Como teria conversado com a garota?

— Você bolou mil teorias sobre tudo, mas esqueceu de fazer o que sabe melhor, Tati... — minha irmã disse.

— Conversar — Pedro completou.

Bom, era isso. Meu casal favorito no mundo tinha me ensinado uma lição. Sobre mim mesma.

Eu passei a vida conversando com toda e qualquer pessoa que estivesse próxima de mim. Devo ter sido a pessoa que mais fez amigos na internet, a que conseguia conversar com qualquer um na fila do banco.

E, sim, eu era A pessoa chata que puxa uma conversinha na hora de pico dentro de um ônibus lotado. Mas quando eu mais precisei ser eu mesma, escolhi o caminho mais difícil: ser alguém que eu nunca conseguiria. Alguém que dificultava a comunicação, que deixava de mandar uma mensagem só porque parecia mais fácil no momento, que preferia não conversar.

Alguém que escolhia não ser quem era. E eu não ia fazer mais isso.

— E a Camila não tem passado por uma fase legal.

Minha irmã falou, me tirando dos meus devaneios.

— Ela me contou...

— Então, o que garante que ela também não tenha várias teorias sobre o que pode ou não acontecer?

— E quem melhor para ouvi-las do que você? — Pedro disse.

— Uau... — comentei — É isso, chega.

Tirei as pernas do colo da minha irmã e me sentei. Eu olhava dela para ele com uma expressão de cansaço.

— Vocês podem voltar a ser meu casal favorito que não me dá ótimos conselhos? Sei lá, me chama de Tatinha — falei para Pedro, que riu. — Me diz que eu preciso parar de ser uma chata que se intromete na vida dos outros — dessa vez eu olhava para minha irmã.

Nós três rimos juntos. Meu cunhado se levantou do chão e foi até a cozinha, balançando a cabeça. Renata, por outro lado, continuava me olhando.

— Já sabe o que vai fazer?

— Sei — respondi na hora.

Ela sorriu e foi para o banheiro. Eu fiquei sozinha no sofá e liguei a TV. Tinha perdido o sono, mas sabia que precisava fazer uma coisa antes que fosse tarde demais para mandar uma mensagem.

Peguei o celular, abri a tela com a foto dela e digitei: "Vamos nos ver no sábado?"

8

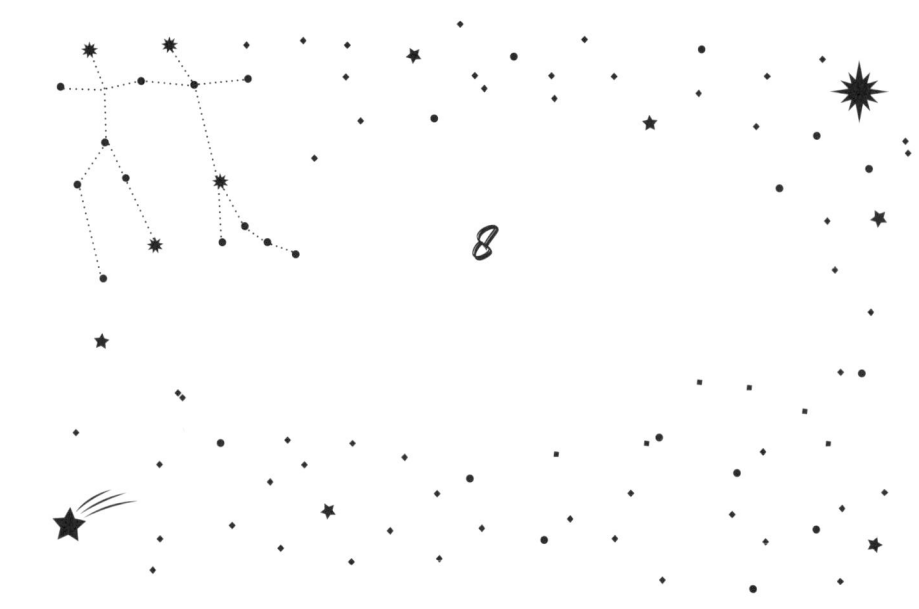

Por algum motivo, eu e Camila não nos falamos tanto durante a semana. Acho que ambas estavam refletindo sobre o que seria nossa conversa, sobre o que decidiríamos. Se havia algo a decidir.

Mergulhei de cabeça na faculdade e provavelmente seria considerada a estudante do mês apenas por aquela semana, se houvesse esse prêmio.

Tudo para não pensar no sábado. No encontro com ela.

Decidimos marcar em uma lanchonete grande, que parecia mais um restaurante, perto da Lagoa da Pampulha, um pouco antes do horário do almoço.

Eu, que esperava encontrar Camila preparada para andar de bicicleta, fui toda paramentada. Tênis de caminhada, short preto de lycra e uma regata branca. Mas, quando cheguei lá e encontrei Camila me esperando, percebi que tinha feito uma má escolha.

Ela estava com um vestido amarelo e era bem provável que nada em seu look se aproximasse das roupas que eu vestia. Estava linda, impecável, e eu nada próximo a isso.

— Acho que não recebi o memorando.

Foi a primeira coisa que ela me disse e eu sorri me sentando a sua frente.

— Lagoa da Pampulha, eu e você...

— Bicicleta? — ela completou minha frase.

— É, por aí.

Nós duas nos olhávamos como na primeira vez em que nos esbarramos na lagoa, no nosso pós-primeiro encontro. Ou melhor, no nosso reencontro.

Estávamos nos analisando mutuamente. Era como se tivéssemos voltado à estaca zero, só que a verdade é que já tinha acontecido coisa demais para que tudo fosse esquecido.

— Olha... — comecei.

— Então... — ela começou.

Sorrimos, encabuladas. Chamei o garçom e pedi uma água com gás e uma rodela de limão. Reparei que, antes de pedir um suco, Camila fez uma careta.

— Não gosta?

— Parece horrível, mas gosto é gosto. E isso me lembra de que eu te devo um pedido de desculpas.

— E por que falar de água com gás te lembraria disso? — perguntei, sorrindo.

Ela estava com uma expressão mais leve do que da outra vez. Seus olhos, que no último encontro pareciam cheios de mágoas, agora estavam... limpos. Como nas outras vezes.

— É só porque eu queria pular logo a parte em que a gente fica "fala você, não... fala você" e falar logo.

Espertinha! Aquele comentário provocou em mim um sorriso instantâneo. Agradeci ao garçom que voltava com nossas bebidas e, antes de responder Camila, tomei um gole. O sabor da água com gás é subestimado.

— Ok, então... continue — falei, deixando o copo na mesa.

Camila olhava todos os meus movimentos com atenção, mas estava claramente nervosa, pela forma como contorcia as mãos. E, antes de começar a falar, também bebeu um gole do suco.

— Aquele último dia que a gente se viu... Eu tinha brigado feio com meus pais e quis encontrar com você justamente para me distrair. Mas aí você chegou falando que eu era intensa e...

— Era uma brincadeira, eu não quis te magoar.

— Eu sei, mas foi basicamente isso que meus pais tinham me dito pouco antes. Que eu estava envolvida *demais* na separação deles, e eu descontei em você. Sei que não se deve fazer isso, me desculpa. Do fundo do coração.

Camila parecia sincera. Na verdade, eu tinha certeza de que ela estava sendo sincera. Fazia todo o sentido, e eu não podia culpá-la tanto por ter descontado em mim. Eu tinha feito o mesmo em relação às frustrações com a minha ex.

— É a segunda vez que tenho que te pedir desculpas por ter sido grosseira, por conta de toda a história com meus pais, mas prometo que não vai acontecer de novo.

Camila continuou falando, e eu quase ri de como ela cuspia as palavras. Me vi um pouco nisso, e por uns segundos tive a sensação de que era desesperador ter uma conversa longa comigo.

Mas peguei aquele pensamento no pulo e o expulsei ao perceber que não, não era nada desesperador. Eu é que tinha que parar de me sentir culpada por gostar de falar.

— Eu te desculpo.

— Sério?

— Sim, uai.

— Achei que ia ser mais difícil. Que eu ia ter que achar o jacaré e tirar uma foto exclusiva para você ou coisa do tipo...

— Droga! Se eu soubesse que tinha a possibilidade de pedir isso, não tinha te desculpado tão rápido — respondi, quase fazendo bico.

Sorrimos e ficamos nos olhando por algum tempo em silêncio. Eu sabia que era a minha vez de falar. Era assim que funcionava, né? Ela pedia desculpa, eu desculpava se quisesse, e agora era a minha vez.

— Eu também te devo um pedido de desculpa.

— Mas...

Ergui as sobrancelhas e inclinei um pouco a cabeça. Era a minha vez, tive vontade de dizer. Camila, muito esperta, sorriu com meu gesto e esperou que eu terminasse.

— Eu percebi que você não estava bem naquele dia, mas escolhi não te perguntar o que tinha acontecido. Eu escolhi ir embora, mas... — Parei, era agora que as coisas ficavam complicadas.

— Mas?

— Eu escrevi tudo o que precisava te falar porque tenho tendência a falar muito e acabar perdendo o foco no meio do caminho.

E, como para ilustrar o que eu estava dizendo, as palavras saíram tão rápido da minha boca que eu podia ver Camila tentando absorver tudo.

Parar de me culpar por falar muito era uma coisa, escolher mecanismos para tornar minha fala mais compreensível era outra coisa.

— Então... — continuei.

Abri meu celular e lá estava o pequeno texto que eu tinha escrito ao longo da semana. Bebi metade da água do copo, achando que aquilo me daria a coragem necessária para ler em voz alta qualquer coisa que eu tivesse escrito na vida.

— Você precisa de mais tempo? — ela perguntou, sorrindo.

— Camila... — comecei a ler, ignorando a pergunta.

"Fui uma pessoa péssima com você no nosso último encontro. Pedro e minha irmã sempre disseram que eu falo pelos cotovelos, mas escolhi não falar naquele dia. E tem um motivo para isso. Desde que terminei meu namoro, fiquei com medo de continuar a ser eu mesma e me aproximar das pessoas. Acabei me enfiando em vários cursos para mascarar isso. Eles foram uma tentativa de mostrar para todo mundo que eu conseguia focar em alguma coisa, mas só serviram para me distrair do que importava: eu precisava me entender melhor. Mas tenho certeza de que você já tinha descoberto esse detalhe porque é muito esperta..."

Parei e olhei para Camila; sua expressão era de total e puro êxtase.

— Eu sempre soube — ela comentou, e eu fiz uma careta e voltei para o celular.

"E quando nosso primeiro encontro não deu certo, no fundo eu achei bom. Não queria que nada dessa história de encontros às cegas desse certo. Era muito mais fácil continuar o que eu estava fazendo. Mas a verdade é que todos os outros encontros deram certo e eu, no mínimo, ganhei uns amigos. Mas, enfim... voltando. Aí a gente se reencontrou. E foi ótimo. E depois teve o segundo encontro, e foi melhor ainda. E não sei... a todo momento eu sentia que daria errado. E fingi que era toda aquela coisa dos signos, porque eu precisava culpar algo."

— Mas você não disse que nunca acreditou em signos? — ela perguntou, me interrompendo.

— Sim, mas agora acredito... parcialmente. Mas não nessa parte — respondi e bebi um pouco da água. — Voltando...

"E quando eu cheguei na lagoa e você foi grossa comigo, eu aproveitei o pretexto para fugir. E até tive um outro encontro que eu tenho certeza de que minha irmã te contou..."

Olhei de novo para Camila, e ela sorria, confirmando minha suposição.

"E foi um bom encontro. Mas faltou algo... depois de uma longa conversa com meu cunhado e minha irmã, eu percebi que o que faltou foi você."

— Essa seria uma ótima frase de efeito para terminar seu texto — Camila comentou enquanto eu tomava fôlego na leitura.

Eu revirei os olhos, mas meus lábios formavam um sorriso.

— Também percebi que ainda não estou pronta para algo mais sério. Mas também não estou pronta para deixar para lá o que estou começando a sentir por você.

Parei a leitura novamente e larguei o celular na mesa. Ainda tinha a parte final, mas ela já estava na ponta da língua.

— Mas somos duas, e eu não posso decidir as coisas sozinhas. Nós duas temos o poder de escolha aqui...

— E quem é a intensa agora, hein? — ela falou, mas não de um jeito grosso.

Eu sorria porque entendia o que ela estava dizendo. Eu tinha feito um texto no bloco de notas do celular porque era incapaz de falar tudo aquilo sem tropeçar nas minhas próprias palavras. Eu era um personagem ruim de comédia romântica.

— Tati, se você tivesse apenas conversado comigo...

— Eu sei — respondi, constrangida.

Pensei na conversa com Renata e Pedro e de como aquele tópico surgiu ao longo da semana em casa. Mais de uma vez me vi em um embate com eles sobre ter escolhido a pior opção para lidar com Camila. Algumas vezes, terminamos em batalhas de almofadas. Eu, a pessoa que sempre levava almofadadas na cara, cheguei ao ponto de ter que fazer o mesmo com os dois para dar uma pausa no assunto.

— Eu também não estou pronta para nada sério. Perdi a maior referência de casal que eu tinha e passei os últimos seis meses totalmente desacreditada de que fosse possível gostar de alguém. De que essas coisas fossem reais...

Aquela era uma confissão que eu não esperava. Eu estava tão imersa nos meus próprios sentimentos e acreditando em tantas teorias que não pensei que Camila também tinha suas próprias confusões internas.

— Esse foi o motivo da sua irmã ter nos apresentado, na verdade. Eu sempre fui mais quieta, mas me isolei mais ainda e ela achou que conhecer você me faria bem.

— E fez?

— Fez, muito bem. — Nós sorrimos juntas. — Mas a gente não se conhece direito ainda.

Eu concordei. Era a quinta vez que nos víamos. Estava muito cedo para ditar qualquer coisa.

— E, sim, eu me envolvo muito com todas as coisas que acontecem na minha vida. E, por isso, estou sentindo muitas coisas em relação a você. Mas eu topo ir devagar, se você também topar — Camila disse. — Acho, na verdade, que nós duas precisamos ir com calma. Você tem seus motivos, eu tenho os meus.

— É bem provável que nada vá me fazer tão feliz quanto isso.

— Nem encontrar o jacaré?

— Aí você apelou!

E então nós conversamos.

Falei sobre as últimas semanas, sobre minha grande conversa com Pedro e Renata, sobre Sophia, sobre meus medos. Camila falou sobre seus pais, sobre seus últimos dias, sobre as brigas. Foi uma conversa longa, que nos fez passar o dia ali, juntas. Mas foi necessária.

Eu não sabia o que seríamos. Não tinha um nome ainda para o que éramos, estávamos apenas nos conhecendo. Mas eu já tinha conhecido o suficiente de Camila para saber que ela era uma pessoa incrível e que, mesmo que eu nunca falasse em voz alta, devia um agradecimento ao meu casal favorito.

Era nisso que eu pensava no caminho para casa, em como tinha sorte de ter duas pessoas tão incríveis ao meu lado, que não me julgaram em nenhum momento. Ainda que tenham puxado minha orelha.

— E então, como foi? — Pedro perguntou, assim que botei os pés em casa.

Não falei nada, precisava fazer um suspense para os dois. Só existia espaço para uma enxerida naquela família, e essa enxerida era eu. Me sentei no meio dos dois no sofá e ouvi minha irmã bufar.

— Sua expressão não tá boa. A expressão dela não tá boa, né? — ele continuou, olhando de mim para minha irmã.

— Tati, fala logo ou vai matar meu namorado... ele não está mais se aguentando.

Sorri, peguei o controle remoto e coloquei em um episódio gravado da nossa série preferida.

— Deu tudo certo, cunhadinho. A gente decidiu ir devagar, mas ficou bem explícito que estamos gostando uma da outra — resumi.

— Só isso? — Pedro perguntou.

Até mesmo minha irmã me olhava com uma expressão incrédula. E então soltei uma risada.

— Claro que não, gente, vou contar tudo.

Impressão e Acabamento:
BARTIRA GRÁFICA